PAPA, ACHÈTE-MOI UNE PUTE

DU MÊME AUTEUR

Dans la même collection :

Laissez tomber la fille.
Les souris ont la peau tendre.
Mes hommages à la donzelle.
Du plomb dans les tripes.
Des dragées sans baptême.
Des clientes pour la morgue.
Descendez-le à la prochaine.
Passez-moi la Joconde.
Sérénade pour une souris défunte.
Rue des Macchabées.
Bas les pattes.
Deuil express.
J'ai bien l'honneur de vous buter.
C'est mort et ça ne sait pas.
Messieurs les hommes.
Du mouron à se faire.
Le fil à couper le beurre.
Fais gaffe à tes os.
A tue... et à toi.
Ça tourne au vinaigre.
Les doigts dans le nez.
Au suivant de ces messieurs.
Des gueules d'enterrement.
Les anges se font plumer.
La tombola des voyous.
J'ai peur des mouches.
Le secret de Polichinelle.
Du poulet au menu.
Tu vas trinquer, San-Antonio.
En long, en large et en travers.
La vérité en salade.
Prenez-en de la graine.
On t'enverra du monde.
San-Antonio met le paquet.
Entre la vie et la morgue.
Tout le plaisir est pour moi.
Du sirop pour les guêpes.
Du brut pour les brutes.
J'suis comme ça.
San-Antonio renvoie la balle.
Berceuse pour Bérurier.
Ne mangez pas la consigne.
La fin des haricots.
Y a bon, San-Antonio.
De « A » jusqu'à « Z ».
San-Antonio chez les Mac.
Fleur de nave vinaigrette.
Ménage tes méninges.
Le loup habillé en grand-mère.
San-Antonio chez les « gones ».
San-Antonio polka.
En peignant la girafe.
Le coup du père François.
Le gala des emplumés.
Votez Bérurier.
Bérurier au sérail.
La rate au court-bouillon.
Vas-y Béru !
Tango chinetoque.
Salut, mon pope !
Mange et tais-toi.
Faut être logique.
Y a de l'action !
Béru contre San-Antonio.
L'archipel des Malotrus.
Zéro pour la question.
Bravo, docteur Béru.
Viva Bertaga.
Un éléphant, ça trompe.
Faut-il vous l'envelopper ?
En avant la moujik.
Ma langue au Chah.
Ça mange pas de pain.
N'en jetez plus !
Moi, vous me connaissez ?
Emballage cadeau.
Appelez-moi, chérie.
T'es beau, tu sais !
Ça ne s'invente pas.
J'ai essayé : on peut !
Un os dans la noce.
Les prédictions de Nostrabérus.
Mets ton doigt où j'ai mon doigt.

Si, signore.
Maman, les petits bateaux.
La vie privée de Walter Klozett.
Dis bonjour à la dame.
Certaines l'aiment chauve.
Concerto pour porte-jarretelles.
Sucette boulevard.
Remets ton slip, gondolier.
Chérie, passe-moi tes microbes !
Une banane dans l'oreille.
Hue, dada !
Vol au-dessus d'un lit de cocu.
Si ma tante en avait.
Fais-moi des choses.
Viens avec ton cierge.
Mon culte sur la commode.
Tire-m'en deux, c'est pour offrir.
A prendre ou à lécher.
Baise-ball à La Baule.
Meurs pas, on a du monde.
Tarte à la crème story.
On liquide et on s'en va.
Champagne pour tout le monde !
Réglez-lui son compte !
La pute enchantée.
Bouge ton pied que je voie la mer.
L'année de la moule.
Du bois dont on fait les pipes.
Va donc m'attendre chez Plumeau.
Morpions Circus.
Remouille-moi la compresse.
Si maman me voyait !
Des gonzesses comme s'il en pleuvait.
Les deux oreilles et la queue.
Pleins feux sur le tutu.
Laissez pousser les asperges.
Poison d'Avril, ou la vie sexuelle de Lili Pute.
Bacchanale chez la mère Tatzi.
Dégustez, gourmandes !
Plein les moustaches.
Après vous s'il en reste, Monsieur le Président.
Chauds, les lapins !
Alice au pays des merguez.
Fais pas dans le porno...
La fête des paires.
Le casse de l'oncle Tom.
Bons baisers où tu sais.
Le trouillomètre à zéro.
Circulez ! Y a rien à voir.
Galantine de volaille pour dames frivoles.
Les morues se dessalent.
Ça baigne dans le béton.
Baisse la pression, tu me les gonfles !
Renifle, c'est de la vraie.
Le cri du morpion

Hors série :

L'Histoire de France.
Le standinge.
Béru et ces dames.
Les vacances de Bérurier.
Béru-Béru.
La sexualité.
Les Con.
Les mots en épingle de San-Antonio.
Si « Queue-d'âne » m'était conté.
Les confessions de l'Ange noir.
Y a-t-il un Français dans la salle ?
Les clés du pouvoir sont dans la boîte à gants.
Les aventures galantes de Bérurier.
Faut-il tuer les petits garçons qui ont les mains sur les hanches ?
La vieille qui marchait dans la mer.

Œuvres complètes :

Vingt-deux tomes déjà parus.

SAN-ANTONIO

PAPA, ACHÈTE-MOI UNE PUTE

FLEUVE NOIR

6, rue Garancière - Paris VIe

ISBN 2-265-04110-6
ISSN 0768-1658

PAPA, ACHÈTE-MOI UNE PUTE

Chronique de la vie privée
d'un commissaire très spécial sous
le second mandat de François Mitterrand.

A Jacques Dartus,
le tigre de mon moteur.
Fidèlement,

San-A.

Il n'est pas grave de ne pas comprendre les mystères de la vie. Ce qui est grave, c'est de les nier parce qu'on ne les comprend pas.

SAN-ANTONIO
(Épitrerie 5 du Culte de la Digue)

JE VAIS TE NARRER L'ÉVÉNEMENT...

Je vais te narrer l'événement le plus surprenant qui se soit produit depuis que l'homme a déféqué sur la Lune.

Une histoire, non pas à dormir debout, mais à vivre couché !

Un fait sans précédent, dont, après ce livre, on parlera probablement pendant tout le millénaire qui se pointe, et peut-être même au-delà.

Une chose pareille, les sonotones des sourdingues explosent en l'écoutant ; les dentiers des gâteux s'émiettent d'aider à en causer. Les érudits en perdent leur latin, les petites salopes leur culotte, les boussoles le nord, les cordonniers leur alêne, les coureurs de fond leur haleine, les financiers notre argent, les travailleurs leur emploi, les boulimiques l'appétit, les gens lucides connaissance, les avocats leur droit, les mots leur sens ; il n'y a que les patients dans les antichambres des dentistes qui ne perdent rien pour attendre.

C'est te dire !

Un phénomène de ce genre, moi, depuis le miracle de Fatima — en conséquence duquel le soleil gambadait dans le ciel —, franchement, je vois rien qui lui fasse de l'ombre.

C'est extravagantissime.

On doute de ses sens. De Saint-Saëns.

On se dit qu'il doit y avoir un truc, une combine. Que c'est un coup monté !

Un canulard.

Un projet d'arnaque.

Tant tellement ça échappe à la réalité, à la raison, à la règle de trois, à celles de ta bonne femme. Ton esprit part en diarrhée.

On se tripote la matière grise, que, des fois, elle aurait des ratés, qu'elle lubrifierait plus bien. On a envie de psychanalyser le sujet, de le trépaner (comme une escalope de veau) pour lui mater le bulbe à l'air libre, souffler dessus, des fois qu'il serait resté de la poudre d'emballage après.

Mais que je te bonisse, raconte, expose les faits, de la cave au grenier.

Tout commence à table, chez nous autres, pendant le dîner. M'man nous a mijoté un de mes régaux (pluriel de régal) : la brandade de morue. Naturellement, Toinet qui a hérité mon esprit appelle ça de la branlette de morue ; mais nous, on sourcille pas et on s'abstient de rigoler pour le faire chier. Après la « branlette », elle nous sert un brie phénoménal, Féloche. Le frometon le plus proche de Paris. Le brie de Meaux, même Bossuet a l'air d'un con, comparé. Coulant à cœur, presque juteux (pas Bossuet : le brie). Du foutre battu en neige ! Un nectar. Avec ça, je te prie que mon beaujolpif cultivé par le frère de Bernard Pivot en personne n'a pas l'air de faire de la figuration. Pour dessert, ma brave femme de mère nous a préparé une tarte aux pommes, pâte extra-fine, croustillante à chier debout ! Si t'as pas encore briffé, tu dois dégouliner des babines en lisant ce descriptif.

Une chose me bat les noix : à tout moment, Toinet se retourne pour mater la vieille pendule à balancier qui nous vient de notre Dauphiné d'origine. Au départ, je pense qu'il a en perspective une émission téloche, genre ouesterne : « John Wayne sifflera trois fois » ! Qu'à la fin, comme il torticole de plus en plus rechef, je me fâche :

— Mais bon Dieu, môme, qu'as-tu à te détroncher sur cette horloge ?

Il mord dans son triangle de panne ; pardon : dans son triangle de tarte. Lui, s'il a pas la bouche pleine, il a du mal à répondre aux questions abruptes.

— C't'à cause de cette visite dont m'a annoncé Bruno, qu'il désarticule, la clape bondée comme le R.E.R. un jour de grève perlée.

— Quelle visite ?

— Celle à ma tante.

— Tu as une tante, toi ?

— Tout le monde en a, non ? Même Jacques Chazot !

— Mais on ne l'a jamais vue !

— Jussement, è vient se montrer.

— Qu'est-ce que c'est que cette baliverne ?

Il avale à la Béru, d'un coup de glotte qui équivaut à la décharge d'une trombe d'eau de vouatères performants.

— Mon pote Bruno est voyeur. Il devine les choses par avance. Ça y prend de temps à autre. Des visions comme qui dirait. Y soubresaute et son regard devient comme un qui se taille une plume. T't'à l'heure, juste qu'on sortait d'classe, ça lui arrive justement. Il se tourne vers moi que je marchais pile derrière lui. Il me dit, d'un ton bizarre : « T'as une tante qui va viendre c'soir faire du chabanais chez vous : une grande carne av'c un œil qui tourne. »

— Et tu l'as cru ?

— Bruno s'goure jamais. Si je te dirais, la semaine dernière, il nous a annoncé que le prof de dessin allait se faire emplâtrer par une bagnole et ça n'a pas raté. Quèques jours du paravent, il a dit à Riton Bédole que sa frangine allait se faire dérouiller par leur voisine qui la prendrait en train de pomper son mari dans l'escalier de la cave, et la chose s'est produit !

Je regarde Toinet d'un air probablement effaré.

— Tu débloques, fiston ! Le don de voyance, ça

n'existe pas en dehors des scènes de music-hall. Il vous chambre, tous, ton copain Bruno. Vous prend pour des cavillons !

M'man qui n'a pas suivi notre beau discours, occupée qu'elle était à préparer le caoua, s'annonce presto.

— Tu sais, Antoine, que la sonnette de la grille ne marche plus. Je regrette la bonne vieille clochette rouillée que nous avions. Une dame piétine devant notre porte et elle a beau s'escrimer sur le bouton, on n'entend rien. Va lui ouvrir, Toinet !

Le môme me virgule un regard triomphant. Ma déconfiture est totale. Je me lève comme un dont c'est le tour d'aller se faire faire un toucher rectal.

— Je m'en occupe, coassé-je, n'ayant même plus l'énergie de croasser.

C'est une grande femme, moche, brune, mal coiffée, dont les cheveux sentent la friture. Le teint jaunasse, des grains de beauté de Corinthe plein la frite et un œil qui sartrise vilain.

Elle porte un manteau beige, jaspé d'auréoles irragoûtantes, des collants épais et accordéoneux, de gros souliers à talons plats. Son expression est aussi avenante que celle d'un tortionnaire de la Gestapo qui vient de se faire traiter d'enculé par un détenu israélite.

— Madame ? m'enquiers-je à travers la grille.

— Vous êtes monsieur San-Antonio ?

Sa voix me fait penser à une lame de scie rencontrant un clou rouillé dans une planche.

— C'est à quel sujet ?

Et sa réponse me prend en écharpe, traînant mon mental sur une centaine de mètres :

— *Je suis la tante d'Antoine.*

Alors là, c'est dur à surmonter ! Tout tourne, tout Jacques, tout Chancel !

— Comment cela, sa tante ? gabouillé-je en faisant un bruit de médius investissant frénétiquement une chatte déjà conditionnée par la projection d'un film porno.

— La sœur de feu son père, si vous préférez ! On peut causer ?

Je délourde sans un mot, puis la fais entrer et la suis jusqu'au perron, la tête et la queue basses.

M'man montre un bout de nez inquiet. J'ai la force de la rassurer d'un sourire et lui fais signe de boucler la porte de la salle à manger. Juste à côté, il y a une petite pièce qui sert éventuellement de salon, mais on préfère le séjour, aussi l'utilise-t-on rarement. Tu y trouves le piano droit, assoupi, sur lequel je me suis respiré en pure perte « La Lettre à cette pauvre connasse d'Elise » quand j'étais moujingue et que m'man m'espérait Mozart bis. Il y a le tabouret à pas de vis dudit, un petit canapé, une bibliothèque vitrée sans style et quelques tableaux de famille dont je préfère ne pas te parler, pas te flanquer la gerbe avec mon ascendance. La grande vilaine pose son derrière anguleux sur le canapé. Elle pue de partout. Du dedans et du dehors. Je la situe carne immonde d'entrée de jeu. Son regard incommodant parvient, pour peu que tu examines chacun de ses yeux séparément, à traduire une nature intensément et définitivement salope. Pas salope du cul : salope du moral. Cette mégère te foutrait à l'eau pour deux francs et donnerait sa chemise libidineuse pour qu'onc ne t'en retire.

— Je vous écoute.

Et elle, sans jambage (comme dit Béru) :

— Je viens chercher mon neveu Antoine.

Elle a jacté haut et d'un ton catégorique. Seigneur ! Faites que Félicie n'ait pas entendu cette effroyable déclaration.

Pour lors, un calme étrange venu d'ailleurs m'empare. Cette pourrie, si je m'écoutais, je la sortirais dans le jardin, la mettrais sur la fosse au compost, l'arroserais d'essence et y bouterais le feu. Une charognasse pareille, y a que par les flammes que tu parviens à l'assainir ! Je devine illico qu'une rude partie va se jouer.

— Un brin d'information ne serait pas superflu, dis-je ; j'aimerais que vous me la fournissiez.

La houri plisse ses lèvres déjà minces.

— C'est pourtant simple : Antoine n'a plus que moi comme famille ; il est orphelin et j'entends le récupérer.

— Cela fait dix ans que nous l'avons sous tutelle, ma mère et moi, objecté-je.

— Ça n'est pas une raison.

— Si, assuré-je en retrouvant Montcalm (que j'avais perdu de vue depuis qu'il s'est fait zinguer au Québec). Si, ma chère dame, c'est une raison et elle est péremptoire.

— J'ai consulté un avocat, fait-elle.

— Moi pas, riposté-je, car ce serait superflu. D'où vient que vous ayez attendu dix ans avant de réclamer la garde de l'enfant ?

— J'étais empêchée.

— Par quoi ?

— Cela me regarde.

— Vous avez des papiers prouvant cette parenté dont vous excipez ?

Elle fouille dans la poche de son manteau cradingue, y prend des feuillets pliés en quatre et me les tend.

Effectivement, elle porte bien le patronyme du môme. Moi, tu me connais ? Sans avoir le don de voyance du fameux Bruno, le copain de Toinet, j'ai du moins des pressentiments.

— Vous permettez ? lui dis-je en quittant la pièce.

— Où allez-vous ? s'écrie-t-elle, inquiète.

Je lui retourne sa réplique de naguère :

— Cela me regarde.

Grimpe jusqu'à ma chambre.

Je reste absent une douzaine de minutes. Lorsque je dévale, la tantine se tient dans le couloir, s'efforçant de caresser la joue de Toinet qui la fuit de son mieux. Ma Félicie en larmes bredouille des choses comme quoi cet enfant est désormais le nôtre et ceci-cela, l'à quel point il est mignon-gentil-amour, le combien nous l'aimons. Et voilà Maria, notre soubrette espingo qui sort de la cuistance pour glapir à son tour, ajouter ses larmes à celles de m'man. Devant ce triste spectacle, mon sang ne fait qu'un tour ; mais alors un chouette.

— Hé ! ho ! calmos ! tonné-je.

— Papa ! m'écrie Toinet, tu ne vas pas me laisser emmener par cette vachasse : elle pue comme une poubelle !

— Sois tranquille, fiston !

Je m'interpose entre la radoche et le groupe des miens.

— Citoyenne, fais-je à la tante inattendue, il va falloir prendre vos cliques et vos claques et tailler le bitume en vitesse.

— Pas sans le gosse ! C'est mon neveu et...

— Écoute, la mère, tu ne pouvais pas récupérer le gamin plus tôt, en effet, puisque tu étais au trou !

Ça l'interloque à peine.

— Ça change quoi ? riposte la gorgone.

— Pour meurtre ! ajouté-je. Je ne pense pas qu'une gonzesse qui vient de tirer dix piges pour avoir trucidé son riche protecteur à coups de brique soit en bonne posture pour revendiquer la garde d'un gamin. Si ta petite affaire arrivait devant un tribunal, les juges se marreraient tellement qu'ils en bédoleraient dans leurs robes !

— Pas sûr ! garantit la dame. J'ai payé ma dette à la société et mes droits familiaux restent intacts.

Tu sais que, quelque part, en nos jours merdiques elle risque d'avoir raison ?

Une envie de lui allonger la toute belle mandale à cinq branches me démange la paluche. Un bref instant, je contemple ma Félicie alarmée, Toinet convulsé par le dégoût et Maria, la brave Espanche toujours prête à m'ouvrir ses cuisses.

Mon attention se reporte sur la vilaine pas belle.

— D'où te vient ce brusque intérêt pour ton neveu, la mère ? Pendant tes années de purgatoire, tu n'as jamais eu l'idée de lui écrire la moindre babille. C'est la liberté recouvrée qui t'inspire des sentiments maternels ?

— Antoine est le fils de mon frère et c'est à moi de m'occuper de lui. Je vais remuer ciel et terre pour y parvenir, annonce-t-elle.

Elle ajoute :

— Et en attendant, je vous interdis de me tutoyer !

— Bon, je crois que nous nous sommes tout dit pour l'instant, chère médème. A présent, enlevez votre sale gueule et votre sale cul d'ici, cette maison commence à sentir la fosse d'aisance en crue.

Elle se casse enfin, rageuse, après avoir lancé à Toinet un « A bientôt, mon bijou » qui nous fait froid aux miches.

Quand elle est partie, le gamin, pourtant fier-à-bras de nature, se jette contre m'man et l'étreint en sanglotant.

J'attends que sa crise soit quelque peu calmée, puis je lui donne une chiquenaude derrière l'oreille.

— Écoute-moi, fiston !

Il me propose sa frimousse de poulbot baignée de larmes, comme on écrit dans des romans plus ambitieux. *Baignée de larmes,* toujours. T'as remarqué ? Ça s'appelle des clichés et ça se distribue à tout va dans la littérature en cale sèche ; pas que les lecteurs ronronnants se déshabituent ; toujours leur assurer les turpitudes de première nécessité au tarif de l'abonnement en vigueur. Que donc, il a sa frimousse de poulbot *baignée de larmes,* mon lardon d'occasion.

— Tu as confiance en moi, petit mec ? lui demandé-je doucement.

Il acquiesce, ce qui fait pleuvoir son visage tendre de faux garnement.

— Jamais je ne te laisserai dans les griffes de cette panthère mitée, Toinet. Jamais !

Il me tend sa main potelée, façon maquignon scellant un marché.

— Banco, grand, j't'croive, assure-t-il, rasséréné.

Je lui en pétris cinq pas encore finis, mais poignée de main d'hommes, pourtant. J'en ai eu donné à d'autres. A des qui ont respecté leur parole, à d'autres, enviandés complets, qui se sont assis dessus. Quand j'étais mouflet, Mme Crépine, notre vieille épicière, me disait, lorsque son mari podagre traînait sa connerie jusque dans la boutique :

« — Fais "cinq sous" au monsieur, mon bout de chou ! »

Alors, bon, je tendais ma menotte au monstre qui la happait de sa pogne pareille à une gueule de crocodile et on faisait « cinq sous » !

Je fais « cinq sous » avec Toinet. N'ensuite je réflexionne à mi-voix :

— Il faut absolument que je découvre ce qui motive ce brusque intérêt que ta tante te porte. Ça cache quelque chose ! Une vérole peut en dissimuler une autre, kif les trains.

UN PETIT CHAROGNARD VIENT M'OUVRIR...

Un petit charognard vient m'ouvrir.

C'est fou ce qu'on peut toucher comme gonziers impossibles en cours d'existence ! La loi des séries ! Des séries dépareillées. Tronches fumelardes. Z'yeux torves, bouche verticale en fente de tirelire ! Des êtres que tu te demandes ce qu'ils foutent sur cette planète déjà trop exiguë ; à quoi ils peuvent servir en dehors de faire chier le prochain, d'incommoder par des expressions et des malodorances. Au premier regard, tu les situes obscurément dangereux. Prêts à des loucheries sans nom ! Ingentils de naissance et sales cons à l'extrême. Dieu commet des erreurs, et les hasards génétiques perpètrent d'indicibles nuisances.

M. Eugène Malvut, il figure dans les réserves salopardes. On le sait d'emblée qu'on ne peut rien espérer jamais de positif d'un glandu comme lui. Racho sur les bords. Chauve par-derrière, la frite en tête de nœud débandé, avec un regard myope derrière des lunettes batraciennes. Il a les dents du bonheur, ce moisi, ce poreux, comme si le bonheur pouvait le concerner un jour, le triste apôtre ! Pantalon sombre, luisant, chemise blanche salie au col, gilet de laine rapiécé, pantoufles avachies. Mais ce qui impressionne le plus, chez ce loqueteux de l'âme, c'est sa méfiance. Il est aux aguets, pis qu'un garenne dans son terrier. Se sent menacé en perpétuance. Il écoute aux portes, c'est certain. Arrive sur la pointe des pieds pour surprendre des médisances le concernant. Et je te parie la lune contre tes fesses que s'il lui arrive d'assister à une rencontre de rugby, il est convaincu, lorsque les joueurs forment la mêlée, qu'ils parlent de lui au creux de leur viril essaim.

Moi, de trouver ce machin devant moi, me fait déplorer ma visite. Si j'avais imaginé rencontrer ce type de bipède, comment que j'aurais pressé le pas devant son immeuble H.L.M. (hache, elle aime).

— J'espère que je ne vous importune pas, monsieur Malvut ?

Les deux poissons exotiques au moyen desquels il regarde la vie se donnent rancard contre l'arête de son nez minuscule. (Si son zob est, comme d'aucunes le prétendent, en rapport avec son pif, la mère Malvut doit se régaler avec son rouleau à pâtisserie !)

Il ne répond pas, ce qui m'inciterait à conclure que je le fais un tantisoit chier.

Mon radieux sourire franc et massif ne lui inspire aucune confiance. Il continue de me loucher contre que ça en devient incommodant ! Son mutisme s'épaissit, se stratifie, monolithe.

— Je souhaiterais vous entretenir de votre petit Bruno, ajouté-je.

— Il a fait une connerie ? grince le bonhomme.

Enfin sa voix ! Sa chère voix à deux francs soixante-quinze en action à la Foire aux pétomanes pendant toute la durée de la promotion cassoulet !

Il parle ! Donc il pense ! Donc il est !

Il est abject, crispant à déféquer toutes affaires cessantes, mais il est !

— Non, au contraire. Devons-nous parler de lui sur ce merveilleux palier où rôdent des oreilles indiscrètes, ou puis-je espérer vous entretenir dans votre appartement, monsieur Malvut ?

Il sort dans le couloir mal éclairé où une théorie de portes closes sur des mystères malodorants rébarbatent.

Un vélo noir est l'unique personne à occuper les lieux. Il dodeline du guidon, sa manette de frein gauche appuyée précairement contre le mur. Etrange perspective, sauvagement surréaliste.

Malvut sonde cet infini angoissant. Des odeurs de frites et des bruits guy-luxiens signalent que l'immeuble est habité. Il attend un instant, tel un guetteur, puis me fait signe d'entrer, comme si je devais passer une frontière clandestinement pendant que le douanier a le dos tourné pour pisser.

Je pénètre dans un appartement sombre où règnent des remugles d'encens.

Lors, le petit bonhomme réintègre sa niche et claque précipitamment l'huis (comme disait ce pauvre Mariano). Il y reste adossé, haletant comme un qui vient de réussir une mission périlleuse sous les feux croisés de douze mitrailleuses ennemies.

— Tout s'est bien passé, lui dis-je. Mais on a eu chaud !

Tu sais quoi ? Il a un acquiescement soulagé. M'est avis qu'il devrait prendre des granulés, ou je ne sais quoi pour redresser son mental en foirade. Céziguemuche, son existence doit pas être climatisée, je crains. Il est sur un constant qui-vive, se débat dans des craintes incessantes.

L'entrée est tapissée d'affiches consacrées à des doctrines ésotériques. Devant un triptyque peint à l'huile d'olive vierge représentant la déesse Nébula en train de se faire mettre par Lucifer, brûle un lumignon rouge ainsi que des bâtonnets d'encens.

En plein délire, Eugène Malvut !

Il se décide à me précéder et me fait entrer dans une pièce tendue de noir. Des livres dont je n'ai pas besoin de lire les titres pour deviner les sujets qu'ils traitent ou maltraitent, s'empilent du plancher jusqu'à hauteur d'homme. Une grande natte de raphia est étalée au sol ; elle constitue tout le mobilier.

— Je vous reçois dans ma chambre, m'avertit Malvut, nous y serons plus tranquilles pour parler. Asseyez-vous.

Je file un dernier regard circulaire, espérant qu'une chaise va surgir, mais comme le prodige ne se produit pas, sans plus de façon je m'assois en tailleur sur la natte, tandis qu'il m'imite.

— Qui êtes-vous ? me demande Malvut.

Et ma pomme qui chie jamais la honte de rétorquer :

— Un théosophe convaincu, mon cher.

Là, il commence à balancer ses inquiétudes par-dessus bord, le pincecorné. Une lueur d'intérêt se manifeste derrière ses verres bombés comme des carapaces de tortue.

L'odeur d'encens me porte au cœur. Moi, les senteurs orientales, j'arrive pas à me les inhaler.

Une lanterne plus ou moins chinoise pend du plaftar, répandant une chiche lumière ensanglantée. Elle déforme les traits, les révulse, les incendie. Eugène Malvut ressemble à un démon qu'aurait pas les moyens.

— J'ai un fils qui va en classe avec le vôtre et qui m'a parlé du don surnaturel de Bruno, reprends-je. Passionné de sciences occultes comme je le suis, je n'ai pu résister au besoin de vous rencontrer, vous et lui. J'espère que vous me pardonnerez ma hardiesse ?

— Entre confrères, hausse-les-épaules-t-il, c'est normal.

Puis, déjà passionné :

— Vous vous consacrez à quelle branche ?

Et moi, songeant à M. Blanc :

— Je suis spécialisé dans l'animisme africain. Le grosso modo du lion, le tohu-bohu du fleuve Sénégal n'ont plus de secrets pour moi.

— Félicitations !

Un temps pour que nous nous entre-sourions à la loyale. Connivence, estime mutuelle. Rencontre élitiste.

— D'où vient le don de Bruno, ami ? insisté-je.

Il plisse de la face nord, Eugène. Tu croirais mon copain Sim, le caoutchouteux.

— Je l'ai conditionné dès son plus jeune âge, révèle ce bas trou de balle en déliquescence.

— De quelle manière ?

— En développant son « o » positif, comprenez-vous ?

— Cela va de soi. Et il a très vite répondu à vos espérances ?

— A six ans, il m'a annoncé la mort de ma chère maman à l'heure précise où elle se produisait, à quatre cents kilomètres de là. Il zézéyait encore. Il m'a dit : « Mémé partie ! Elle s'est envolée. » Trente minutes plus tard, je recevais un coup de téléphone de ma sœur m'apprenant la triste nouvelle.

— Stupéfiant ! D'autres exemples ?

— Des milliers. Mais espacés. Cela lui vient par bouffées. Il est inutile de lui poser des questions précises, car il est incapable d'y répondre. Ses voyances lui viennent au fil de la conversation, sans crier gare, comme par inadvertance. Ainsi, en prenant son petit déjeuner, la semaine passée, il a dit à ma femme : « Tu vas avoir une main grosse comme ça ! ». Le jour même, elle s'est piquée avec une épine de rose et il en a résulté un phlegmon dont elle n'a toujours pas guéri ; sa main a doublé de volume ! Evidemment, j'aimerais pouvoir lui faire choisir des billets de loterie ; je l'ai fait d'ailleurs à différentes reprises, mais il n'a jamais tiré de bons numéros... Impossible d'exploiter son don, de le rentabiliser. Si je vous disais, lors de la rencontre télévisée Mitterrand-Chirac, il lisait une B.D. Et soudain, levant la tête de sa brochure, il m'a dit en montrant Chirac : « Çui-là va l'avoir dans le cul, propre en ordre ! »

Je me retiens de dire, à Malvut, que beaucoup d'autres personnes avaient formulé le même pronostic, sans jouir de dons spéciaux. A quoi bon diminuer les mérites de l'enfant prodige ?

— Je peux voir ce petit phénomène, monsieur Malvut ?

— Facile !

Il va ouvrir la lourde et crie « Brunoooo », à la cantonale (les législative étant passées). S'amène alors un petit rat-mulot de première instance, blême à en paraître bleu (qui voit ses veines, voit ses peines). Maigrichard, des lunettes de borgne (l'un des verres est opacifié)[1]. Blond-sale, une mèche dodelinant devant ses yeux. Des taches de rousseur autour du nez pointu. Réplique sous-merdique du père. Avec le même air un peu charogne. Jadis, il aurait été tubard à fond de cale, mais Fleming veillait ! Très racho et un poil nabot pour son âge. Porte un jean qui lui fait des pattounes de sauterelle, un chandail du papa descendant jusqu'aux genoux. Il a du stabilo Swing orangé au menton, mais ça ne lui donne pas l'air plus gai pour autant.

— Salut, Bruno ! lui lancé-je gaillardement.

J'ajoute :

— Je suis le père adoptif de Toinet.

Il opine. Les grandes personnes qui viennent le faire chier en pleine *Diligence perdue* à la téloche n'ont pas droit à sa sympathie spontanée. Il attend ma suite.

— Tu avais prédit à Antoine la visite de sa tante : elle s'est produite, l'informé-je.

Lui, ça ne le déconcerte pas le moins puisqu'il l'avait « vue ».

Son œil visible me darde. Le second aussi peut-être ? Quand t'as le don de double vue, c'est pas un verre opaque qui va te chicaner !

— Il t'est venu comment, ce flash, mon petit Bruno ?

— Je vous l'ai dit, intervient le paternel, c'est un élan irréfléchi.

Vieux con ! Toujours se porter en avant-garde, alors qu'il est la deuxième roue de la brouette !

Le môme n'ajoute rien à la déclaration de son daron, pas même un acquiescement de tête.

— J'aimerais savoir si, parfois, Antoine te parle de ses origines ? Par exemple, il te l'a dit que je ne suis pas son vrai père ?

Le petit mulot borgnocol secoue la tête.

1. Faut pas s'y fier.

— Non.

— Non, quoi ?

— Il dit que vous êtes son père. Le commissaire San-Tantonio. Il est fier de vous.

Ces paroles me caressent l'âme en commençant par l'entrejambe. Cher Toinet. Comme il est bien « nôtre », pour de bon, pour toujours. J'évoque la vieille guenille puante qui ose nous le réclamer et l'envie de l'éventrer à coups de talon me rempare. Qu'elle s'avise de la ramener encore et je lui fais bouffer sa culotte douteuse.

— Il a mal à un œil ? demandé-je à Eugène.

— Il fait un petit défaut de parallélisme oculaire, rien de bien méchant.

— Dis-moi, Bruno, cette tante que tu lui as annoncée, ça l'a surpris ?

— Je ne sais pas.

— Il ne t'a pas dit qu'il ne voyait pas de qui tu voulais parler ?

— Non.

— Il t'a cru ?

— Oui.

— Tu lui avais déjà prédit des trucs ?

— Oui : la semaine d'avant.

— Quoi donc ?

— Qu'il aurait zéro à la compo d'anglais.

— Et il a eu zéro ?

— Il ne vous l'a pas fait signer ?

— Pas encore.

— Il l'a déjà rendue, pourtant, assure le chenillard.

Hé ! dis, il me fait du contre-carre, le gars Toinet. Tu veux parier qu'il imite mon paraphe, ce petit faussaire de merde ? Je me promets de régler ça en rentrant.

— Je peux retourner à la tévé ? demande Bruno-la-vache à son paternel.

Ce dernier murmure :

— Vous n'avez plus rien à lui demander ?

— Non.

Le mouflet se taille mais, juste comme il franchit le seuil, il ravise et me dit :

— Faudra changer votre roue arrière droite, m'sieur, y a un type qui vient de la crever avec un tournevis !

— Tu l'as vu faire ?

— Oui.

— Depuis la fenêtre ?

— Non : pendant le film à la télé.

Et bon, c'est exact que ma Maserati a un petit air penché des plus fripons.

S'il y a un truc que j'abomine, c'est de changer une roue de carriole. Déballer ce bouzin du coffiot ! Assurer le cric (qui me croque) ; ôter les écrous des goujons (folichons) ; retirer la roue zinguée, la remplacer par l'autre ! Une Maserati a des boudins monumentaux, espère ! Me voilà salopé complet quand j'ai réparé le désastre. On va bientôt plus pouvoir rouler dans une caisse de luxe. Naguère, *ils* en avaient seulement après les grosses ricaines chromeuses, les vandaux, mais respectaient la tire grand sport, s'inclinaient devant la beauté mécanique. A présent c'est fini, nini. On lacère les manteaux de fourrure et les grosses cylindrées. Bientôt, on tailladera le bide des obèses, pour leur apprendre à capitaliser les calories, ces insanes !

Je la vois se profiler, la vieille guinde d'occase, un peu pourrie. Faudra que je me fourre mes goûts de bolides fringants dans la soutane pour rentrer dans le rang. Peut-être devrai-je même rabattre sur l'héroïque Solex ou la Vespa de tireurs romains. Même une grosse bite, t'auras plus le droit de la déballer, je sens venir. Un zizi de plus de quinze centimètres hors tout sera interdit de fornication, pas complexer les petits bitouneux lamentables qui trempent le biscuit façon bouvreuil, vite fait, mal fait, dans les pots de compassion. La queue aussi deviendra signe extérieur d'agressivité, de richesse. Insulte à la foutriquerie universelle.

Bander dur te vaudra la correctionnelle pour concurrence déloyale. On n'osera plus aller aux asperges avec un mandrin vigoureux. Faudra montrer pine molle avant de postuler. Avis à la copulation, citoyens !

Fumelard qui me poignarde mon beau pneu quasiment neuf !

Depuis sa fenêtre, Eugène Malvut me regarde escrimer. Tu veux parier qu'il prend un panoche mémorable, ce chafouin de merde ? Il a le genre à se délecter du tracas des autres. Tellement fiérot que son lardon branché sur le surnaturel m'ait annoncé l'avaro ! Preuve supplémentaire de sa voyance.

Lorsque j'ai achevé de réparer le désastre, je réintègre ma Quattroporte, en sueur et rogneux comme je te dis pas. Je largue les rivages bitumeux, balisés de crottes de clebs.

Qu'à peine j'ai parcouru une centaine de mètres, je pile. Tu sais quoi ? Un clodo de banlieue. Ce sont les plus chouettes. Des poètes, souvent. Il est enroulé dans des hardes et se tient blotti dans le renfoncement d'un bâtiment administratif, genre « recette municipale », là que les pégreleux viennent apporter leur carbure à un enfouilleur de l'État surpatenté et teigneux sur les retards, comme si la fraîche était pour sa pomme ! Y aura toujours des chiens de garde partout, pour faire tarter les chiens errants.

Je m'arrête à son niveau et saute de ma guinde. Il ne dort pas. Son regard gélatineux brille à la lumière d'un lampadaire. Ses lèvres ripolinées par le gros rouge me sourient large.

— Salut, camarade ! lui dis-je.

Il claironne :

— T'aurais pas une petite pièce de dix balles pour moi, mec ?

— Non, réponds-je, par contre j'ai un billet de cinquante !

Je lui tends l'irragoûtante coupure molle et bleutée. Elle fait flamboyer ses falots.

— T'es un ami, m'assure le digne homme d'un ton pénétré.

— Place pas ça en dollars, conseillé-je, y a trop d'embûches.

— T'est louf, mon pote ! J'adore faire travailler le vignoble français.

Pour preuve, il dégage de ses oripeaux un litron dont le voyant lumineux clignote pour annoncer son assèchement imminent.

— Tu es ici depuis longtemps, camarade ? m'informé-je.

Et lui, pas con, tu devineras jamais ce qu'il me rétorque. Il dit :

— Depuis un peu avant qu'on ait saccagné ton pneu, mon gars, si c'est ça qui t'intéresserait.

— Oh, merde ! m'écrié-je, je sens que j'en ai un second pour toi !

J'extrais un deuxième talbin à peine moins gerbant que le précédent. Il le cueille délicatement, du bout de ses doigts qui émergent, cradoches, d'un gant dépenaillé.

— T'aimerais savoir qui t'a maquillé ce coup, l'ami ?

— Moi, je vais te le dire, coupé-je, t'auras qu'à confirmer ou infirmer. C'est un gamin maigrichon, avec des lunettes, non ? Il sortait de cet immeuble, là-bas, et il y est rentré une fois son coup de lardoire administré.

— Gagné ! rigole le clodo. C'est moi qui devrais te filer cinquante pions, l'ami.

Je me casse, lui balançant des gaz hautement nocifs dans les naseaux, mais pour lui, ça ou du 5 de Chanel, c'est kif-kif bourricot !

Et qu'en drivant ma somptueuse, je gamberge de la manière ci-dessous : il n'est pas duraille de prédire à un gus qu'il va trouver son pneu arrière droit à plat après qu'on l'eut soi-même crevé. Partant, si ce trou-de-bulle monoeillé a besoin de perpétrer les choses qu'il prédit, c'est qu'il n'a pas davantage de don de voyance que cette vieille capote anglaise usagée sur laquelle j'ai manqué déraper ce matin, en sortant de la messe.

Donc, le môme n'a rien d'un phénomène, et tout d'un arnaqueur. Re-donc, il n'avait pu prévoir la visite de la tante Turpousse ; ce qui revient à dire qu'une étrange combine s'élabore, dont la finalité m'échappe, entre les Malvut (père *and son*) et la puante parente de l'infortuné Toinet. Me fais-je-t-il comprendre ?

Comme je suis d'une intelligence nettement supérieure à celle de Célestin Bézuquet, notre tripier préféré, je m'engage plus loin dans les méandres de la réflexion. En supposant que la femme Turpousse et le bonhomme Malvut soient en cheville, quel intérêt y avait-il à faire annoncer la visite de la donzelle par le crevard du gars Eugène ? Pour impressionner Toinet d'abord et nous ensuite en nous démontrant que le gosse lit bel et bien dans l'avenir ? On voudrait quoi ? Nous conditionner afin que nous soyons réceptifs à d'autres prédictions ? Je sens que je brûle. Le coup de ma roue détériorée prouve qu'on espère fermement me convaincre que l'enfant Malvut est un surdoué, un authentique « voyant ». Un peu puéril, tout ça, mais j'ai affaire à des gens d'un niveau intellectuel situé au ras des pâquerettes. Pour peu que Messire Malvut *father* soit sincèrement passionné de surnaturel et finisse par tomber du côté où il penche, le cheminement de cette louche et dérisoire *combinazione* s'éclaire.

Tout à mes idées phosphorescentes, j'ai emprunté un chemin qui n'est pas le mien. Me voilà le long des voies sur berges, direction gare de Lyon, moi qui crèche à Saint-Cloud ! Qu'a donc décidé mon subconscient, sans oser m'en souffler mot ? Qu'a-t-il derrière sa tête linotte, mon lutin farceur ?

J'emprunte la rampe qui succède à l'Hôtel de Ville, rejoint le flot émollient de la circulation, un tantisoit moins dense à cette heure avançante. N'ensuite, j'oblique à gauche. Me faut un bout de moment pour comprendre que je vais chez Pinaud. Quelle drôle de décision pour un subconscient souvent surmené mais toujours opérationnel ?

Pinaud ! Je te demande un pneu ! A dix heures du soir, en hiver !

Il crèche dans un vieil immeuble encore cossu entre République et Bastille. Que juste en dessous de chez lui, y a un pharmago, justement. Te dire si ça tombe au poil avec sa rombiasse toujours malade !

Je remise ma tire sur son berceau, sachant bien qu'aucune automobile ne franchit sa porte cochère. Il est en semi-retraite, Pépère. Il émarge toujours à la Tour Pointue, mais ses prestations sont plutôt mincettes. Et moi, dans mes tréfonds, j'enrogne de le voir naufrager dans les maléfices de l'âge, Baderne-Baderne. Je regrette sa grande époque active, au Débris. Le temps où il faisait le coup de feu comme un *marine* entre Béru et ma pomme. Des affrontements sanglants ! Des audaceries inouïses ! Tout en radotant, en soignant ses plaques de psoriasis avec des produits mystérieux. Il lui pleuvait des squames atroces quand il se massait, l'ancêtre de naissance. Ses déplacements produisaient un bruit d'autobus javanais, à cause des boîtes à pilules gonflant ses poches miséreuses. Toujours qu'il déchirait des sachets de poudre de perlimpinpin dans son muscadet matinal, ou bien suçait des pastilles pour son estom' en délabrance, s'oignait le fion de crèmes anti-hémorroïdes et la poitrine de baume du tigre contre les refroidissements. Rien ne lui était épargné, César. Des pieds à la tête. Ça commençait par des durillons, des ongles incarnés, des entorses latentes, des varices ouvertes, des rhumatismes aux genoux, des orchites doubles, des crises de foie, des calculs rénaux, des kystes entre les meules... Tu remontais sa géographie et y en avait encore : côtes démises, points de congestion, arythmie, souffle au cœur, emphysème, laryngite, abcès dentaires, otites, névralgies, glaucome, sinusite, gingivite, et puis encore des machins ignorés, pas commercialisés en pharmacologie. Des maux sans vrais noms pour le public, encore latins par manque de prospection. De ces maladies débutantes, dues à des phénomènes de société et qui n'osent trop se répandre avant que la Faculté leur ait donné le feu vert ! Des chieries perfides, saugrenues et malveillantes, pas remboursées franchement par la Sécu parce que traitées par la bande.

Oui, c'était un phénomène, la Pine. Un cas de vieux *rabbit* dolent !

J'atteins l'étage du cher Chenu. Intimidé de le visiter à une heure aussi tardive pour les habitudes d'un vieux couple, mais poussé par une force incoercible, cependant. Je vais jeter l'effroi, puis la gêne en ce lieu où flottent des odeurs d'eucalyptus, de farine de lin, et de crasse malade.

Driiiing ! m'exclamé-je, par sonnette interposée.

J'attends juste pour dire de ne pas chiquer les malotrus en interprétant *la Marseillaise* sur le timbre électrique. Mais je pressens qu'il va me falloir renouveler l'opération, voir même ponctuer du poing et, qui sait ? du pied pour désamorcer la léthargie des occupants.

Mais, ô stupeur ! point n'est besoin. L'huis s'écarte vivement et un monsieur entre deux âges, brun, svelte, vêtu d'un costume déstructuré en lin et d'une chemise à col ouvert, m'apparaît. Qui peut-ce être ? Un parent des Pinoche ? Leur médecin ?

— Tiens ! voilà une visite bien imprévue, me fait l'ouvreur. Entre !

La voix est mâle, le débit prompt, le ton racé. Où ai-je pu rencontrer et me lier avec cet homme au point d'être tutoyé par lui ?

En attendant d'être informé, je réponds à son invite et pénètre. Ça sent la peinture fraîche. Je note d'emblée que le vieil apparte délabré a subi une transformation radicale. Le hall est habillé de couleurs pimpantes, de même que le livinge qu'on découvre partiellement par la double porte vitrée.

— Tu as des problèmes, mon bon ? s'informe mon hôte.

Je le défrime à mort. Et alors mon aorte cabriole. Une giclée d'adrénaline part de mes surrénales pour m'envahir le système circulatoire jusqu'aux roustons inclus.

Je glabafouille :

— Pinuche !

— Tu n'as pas l'air d'être dans ton état normal, note le miraculé de frais. Serais-tu pris de boisson ou souffrirais-tu de quelque mal inopiné ?

— Pinaud ! émets-je encore dans un râle.

— Mais qu'as-tu, mon cher ami ? Tu défailles !

— Que t'est-il arrivé ? m'enquiers-je.

— Ce qui m'est ?...

Il se met devant une glace à trumeau placée entre deux portes et s'y mire.

— Oh ! oui, je conçois ta surprise, admet le Superbe. Effectivement, mon bon Antoine, j'ai quelque peu modifié mon aspect et mon accoutrement.

— Mais c'est pro-di-gieux !

— N'exagérons pas. Disons que j'ai procédé à un rafraîchissement de ma personne et des lieux qui l'abritent. Mais passons au salon, je vais te conter la chose par le menu !

Je franchis le seuil du livinge et, n'étant pas au bout de mes surprises, y découvre, lovée sur un canapé recouvert de chintz bleu, une personne brune, menue, agréablement faite, drapée (plus ou moins bien) dans un kimono rose praline. La dame frise la quarantaine ; elle est rieuse, avec un regard prompt de souris débarquant chez un marchand de fromages.

— Je vous présente le commissaire San-Antonio, chère Adeline. Antoine, voici Adeline, une amie récente mais qui déjà m'est chère.

Je vais m'incliner sur l'exquise menotte que la dame me propose par-dessus le dossier du canapé. Du regard je cherche l'ineffable Mme Pinaud, mais ne l'aperçois nulle part.

— Assieds-toi, Antoine. Scotch, vodka ? A cette heure-ci je sais que tu ne détestes pas une vodka-citron très frappée ?

— En effet.

— Adeline, fleur de mon cœur, vous voulez bien préparer ce breuvage de vos doigts de fée ? Trois quarts de vodka, un quart de citron et un glaçon !

L'invitée de César se lève. Elle est petite avec des formes juteuses et une grâce spontanée, sans afféterie, qui porte son charme à l'incandescence. Tandis qu'elle va quérir de la glace « en » cuisine, Pinaud me met au parfum.

— Un concours de circonstances a procédé à ma transformation, révèle-t-il. Primo, je me suis mis à gagner de l'argent, beaucoup d'argent.

— La loterie ? Les courses ? Le loto ?

— Foin de ces balivernes qui constituent l'espoir des furtifs, des incapables et des ratés. Non, simplement, en me rasant un matin, il m'est venu une idée concernant la lotion pré-electric-shave dont j'use quotidiennement. Il s'agit d'une marque américaine des plus fameuses que je me suis engagé sous serment et par contrat de ne jamais nommer. J'ai écrit au siège new-yorkais de cette firme en lui demandant combien elle me verserait si je leur assurais un accroissement de leurs ventes d'au moins dix pour cent.

« Les Américains sont des gens pragmatiques qui ouvrent grandes leurs oreilles sitôt qu'un quidam quelconque leur parle de fric. Si j'avais adressé ma lettre à un pédégé français, il est probable qu'elle ne serait même pas parvenue jusqu'à lui car la secrétaire chargée du courrier l'aurait jetée à la corbeille. Mais là, j'ai eu une réponse. On attendait ma suggestion.

« Je suis alors allé trouver mon neveu Fringard, de l'étude Fringard et Coupier, qui dirige un cabinet d'affaires international, en le chargeant de mettre au point le contrat. Il l'a fait. Cela s'est passé l'an dernier, mon petit Antoine. Et l'affaire porte ses fruits puisque je perçois d'ores et déjà cinquante mille dollars par mois de royalties. »

J'éberlue :

— Cinquante mille dollars !

— *Yes, Sir.*

— Par mois ?

— Ce n'est qu'un début.

— Mais qu'as-tu proposé à cette firme pour qu'elle te couvre ainsi de talbins verts, bonhomme la Lune ?

— L'œuf de Christophe Colomb, ricane le Renouvelé.

— Mais encore ?

— Mon idée a été la suivante : Pour me préraser, je devais secouer le flacon de lotion sur le creux de ma paume jusqu'à ce qu'il en eût plu la dose suffisante. J'ai simplement conseillé au fabricant *d'agrandir l'orifice du goulot.* Ainsi, on est obligé, maintenant, de « retenir » l'écoulement du liquide au lieu de le « provoquer », comprends-tu ? L'accroissement de leurs ventes n'a pas été de dix, mais de trente-cinq pour cent !

— Génial ! déclaré-je en toute sincérité et interloquence.

— La firme en question me propose d'aller à New York et de travailler dans la boîte comme conseiller technique, poursuit l'ex-Ancêtre. Mais je suis trop attaché à la France et à mes habitudes pour accepter. Cinquante mille dollars mensuels, plus mon traitement, voilà qui me permet de bien profiter de la vie.

— Tu es un sage. Mais dis-moi, tu m'as parlé d'un concours de circonstances : en voici une ; quelles sont les autres ?

Il n'est pas croyable, César. Teint en brun, sourcils et moustache compris, la peau traitée aux exfoliants, le dentier neuf, la détermination débordant des prunelles, la mâchoire volontaire, les fringues ultra-modernes, il en jette comme un acteur de cinéma qui jouerait les jeunes papas, les amants blasés ou les chefs de bande mondains.

— Tu n'es pas sans connaître le mauvais état de santé de mon épouse ? reprend-il.

— Non ! réponds-je résolument.

— Ayant décroché ce pactole, je l'ai emmenée en

Roumanie dans le fameux institut du non moins fameux docteur Cornélius Téparusko. Nous y avons passé trois semaines à subir des soins intensifs, au terme desquels nous avons rajeuni d'une vingtaine d'années, Mme Pinaud et moi-même. Traitement miracle, mon bon : au sperme de taureau, sang de pigeon, cellules de moines tibétains et testicules de coq.

Il extrait de sa veste un délicat portefeuille en croco à coins d'or, signé Hermès, y puise une photographie polaroïdesque et me la présente. J'y lis une dame accorte et souriante.

— Une jeune sœur de ta femme qui, elle, aurait appris à sourire ? supposé-je.

— Non, mon bon. C'est Marthe en personne. Tu juges de la transformation ? Reconstituée to-ta-le-ment ! Enjouée, polissonne, ardente. Me croiras-tu si je t'affirme qu'elle a une liaison tumultueuse avec son masseur de là-bas ? Un mâle vigoureux d'une trentaine d'années ! Elle le chevauche d'importance, son fringant postillon ! Ces parties de cul, mon ami, si tu veux bien me passer l'expression ! Mais ces parties de cul ! la clinique en tremble. Elle est restée sur place, ayant obtenu une prolongation de séjour.

— Tu n'en conçois pas d'amertume ? m'étonné-je.

— Penses-tu ! Elle était devenue pour moi une sorte de pauvre petite sœur déshéritée ! Des lustres que je ne l'avais touchée, sauf pour lui poser des ventouses, des sinapismes et d'abjectes sangsues voraces ! Son tardif épanouissement me réjouit, au contraire. J'espère qu'elle pourra prolonger son séjour au maximum. Je profite de son absence pour transformer l'appartement...

— Et t'offrir une poulette ?

— Comment la trouves-tu ?

— Désirable.

— C'est mon esthéticienne. Divorcée, sans enfant. Au lit, une tigresse ! Je l'honore quatre fois par jour et lui prodigue des délices charnelles de bonne tenue !

— Bravo ! mon valeureux César. Voilà des nouvelles

qui me laissent pantois ! La refonte de ta personne, de tes habitudes et de ton *home* constitue un événement que nous allons fêter incessament avec les copains de l'équipe, non ?

— J'y songeais, assure le Miraculé. J'aimerais vous traiter chez *Lasserre* où la truffe en feuilleté reste incomparable. Maintenant que je suis aguerri, je peux affronter l'ouverture sempiternelle de leur toit sans craindre une pneumonie.

Là-dessus, Adeline la très bandante revient, portant ma vodka-citron, un Cointreau sur glace pilée et une bouteille de muscadet (Pinaud restant fidèle à ce breuvage démocratique nonobstant sa réussite financière).

Nous trinquons dans la joie. Le couple se love sur le canapé. Pinuche dépose son verre afin de pouvoir réchauffer sa dextre refroidie par la bouteille entre les cuisses brûlantes de sa conquête.

— Et maintenant, si tu me baillais ce qui t'amène, Antoine ?

Tiens, bonne question. Mais à laquelle j'ai quelque mal à répondre. Au fait, c'est vrai, pourquoi suis-je venu ?

— Un coup de nostalgie, beau jeune homme. Ça faisait un bout de temps que je ne t'avais vu.

— C'est gentil. Et puis quoi d'autre encore ? Je te connais parfaitement, mon garçon ; tu as ce regard flottant des débuts d'enquête, lorsque tu ne sais pas trop bien où tu mets les pieds. Je sens que tu as envie de m'exposer ton trouble, comptant sur ma bonne vieille jugeotte pour t'aider à y voir plus clair, me trompé-je ?

Tant de perspicacité me chauffe l'âme et ma température corporelle doit s'élever d'au moins deux degrés.

Je murmure, désignant le Régénéré à sa frivole :

— Méfiez-vous de lui, fillette, ce diable d'homme lit dans les pensées, sans lunettes !

Je lui narre donc par le menu cette bizarre historiette de prétendue voyance, de visite « tentaculaire » ayant pour cruel objet de nous reprendre Toinet, tout ça... Et le pneu crevé, le papa Eugène azimuté du cervelet sur les bords.

L'ex-vieillard caresse du bout des doigts sa moustache bien taillée en écoutant le récit très attentivement. Sa régénérescence ne lui a rien ôté de son application. Lorsque j'en ai terminé, il se sert un nouveau godet de muscadet qu'il sirote en grand oenologue.

— Elle est curieuse, cette affaire ! souligne sa pétasse en retroussant sa jupe jusque sous ses seins.

Malheureusement, elle porte une culotte qui, heureusement est fendue, noire et agrémentée d'une fine dentelle rose. A moins qu'il ne s'agisse d'un effet d'éclairage (très étudié dans le nouveau *look* de l'appartement pinulcien), il semblerait que la toison de cette aimable personne fût rousse ou apparenté.

Je lui jette le regard ami qui convient, car tu n'as pas le droit d'éviter celui d'une petite chatte rose de confusion.

Le frifri de la dame me reçoit cinq sur cinq et, dès lors, m'envoie un baiser humide. Message reçu ! Mais je ne vais pas encorner mon cher Pinaud, l'être le plus merveilleux qui eût jamais longé ma route ! Faire du contre-carre au Vieux, dit le Dirluche, dit Achille, si dindonnesque, est une sorte de sport. Tromper César serait une infamie !

J'abandonne l'affriolant spectacle pour me consacrer à son bénéficiaire.

La Pine parle avec son beau râtelier en chlorure de vinyle expansé. Il déclare :

— La magouille est certaine, Antoine. Il existe une connivence entre la femme Turpousse et le petit Bruno.

— Pas avec son père ? m'étonné-je.

Il déguste son glass à papilles feutrées.

— Je ne le sens pas. Ton art consommé de la description qui, soit dit en passant, est celui d'un grand écrivain, me donne l'image d'une sorte de Foccart abîmé dans ses chimères et qui est abusé par son gamin. Ce fou croit avoir enfanté un prodige, alors qu'il ne s'agit que d'un petit truqueur. Je devine quelque collusion entre la tante de votre Toinet et ce gamin.

— A ce point ?

— Veux-tu que j'enquête à ce propos ?

— J'allais t'en prier, car il me faut un homme d'une grande discrétion.

Il retrouve son sourire de mouton venant de se faire la plus choucarde brebis du troupeau.

— Laisse-moi les coordonnées de ces gens, je m'y attellerai dès demain. Leur quartier est pauvre ?

— Disons ouvrier.

— En ce cas je ne prendrai pas ma Rolls, mais mon ancienne 2 chevaux que je conserve par fétichisme.

PLANTON,
C'EST PAS UNE SINÉCURE...

Planton, c'est pas une sinécure (Béru dit un ciné de curé) chez nous, à la Grande Volière. Because le Vieux qui a en sainte haine les mecs dévolus à ces modestes fonctions. On l'appelle Tyrano de Bergerac, Pépère, tant tellement il égosille après ces malheureux arpenteurs de couloirs, gravisseurs de marches, porteurs de plis. Un bouton pas boutonné ou qui pendouille, un kébour trop désinvoltement sur le côté, des lattes imbriquées, et c'est la crise chez Chilou-le-tondu. Des vociférations quasi douanières, des tirades flagelleuses, des remontrances mortifiantes, des sanctions implacables. Un autre surnom qu'il se trimballe aussi, le Mondain : Bombard. Parce qu'il bouffe du planton. C'est l'inspecteur Manivel qui a trouvé ça ; moi je dis que pour un flic c'est plutôt bien venu, non ?

Donc, le garde Sifoine, planton de service, montre son pif de carnaval par mon entrebâillage de porte. Son tarin, tu parles d'un plantoir, messire cognedur ! On dirait ces nez de carton affublés de lunettes que ma Jeannine vend au 45 passage de l'Argue, à Lyon, de mère en fille. Une tradition familiale. Pas qu'on soit portés sur la gaudriole, mais rien de ce qui concerne le verre baveur et la boule puante ne nous est étranger. Une dynastie, on forme. La merde en carton, le bonbon au poivre, le soulève-plat, on est experts près les tribunaux. Testeurs diplômés pour tout ce qui concerne les farces et attrapes. Une nouvelle vessie pétomane est créée ? Aussi sec (aussi pète-sec) on nous la fait expérimenter. Elle vit dangereusement, Jeannine.

Pilote d'essai, c'est comme brodeuse en chambre à comparer ! Un jour je te la raconterai toute, fond en comble, cette chère chérie. Son calme, son sang-froid quand elle se met aux commandes d'un paquet de gauloises tapette. Sa farouche dignité devant la flaque de dégueulis artificiel. Et comme monitrice en fausses araignées, l'efficacité qu'elle fait preuve, ma Jeannette. Ce sourire distingué pour raconter la boutonnière lance-eau, la boîte à capotes à ressort, le pif qui s'allume, le cafard de plastique, les sucres farce ! Je t'en casserai des chiées sur elle, un jour, Jeannine. Tout entière, comme il faut ! Un être exquis, pas recommençable ! Un amour éperdu de ma vie.

Qu'or donc, et trêve de digressions, le planton Sifoine amène ses dix-huit centimètres de tarbouif dans mon espace vital, en ce pâle matin d'hiver débutant. Tout scrogneugneu, l'artiste. Avec un reste de café crème (arrosé crime, que disait Prévert) dans les poils de ses bacchantes de poisson-chat. Que si le dirluche te le biche avec encore la balayette trempée, ça deviendra la kermesse héroïque dans la Grande Taule.

— Qu'arrive-t-il, Sifoine ? je l'accouche. A voir votre mine défaite, il semblerait qu'il vous soit arrivé quelque chose de grave, comme si vous aviez perdu au loto ou que votre belle-mère eût guéri de son cancer ?

— C'est rapport à un vieux dégueulasse qu'insiste pour vous parler, m'sieur le commissaire.

— Qu'appelez-vous un vieux dégueulasse ? rembrunis-je.

— Un mec cradingue, puant et qui trimballe un kil de rouge dans la poche de son pardingue, informe Sifoine.

— Et il tient à me rencontrer personnellement ?

— Il prétend avoir quelque chose à vous remettre en main propre ! pouffe le planton. En main propre ! Lui ! Il repouffe ! Et patapouffe !

— Pas d'autres précisions ?

— Au cul nôtre, m'sieur l'commissaire.

— Eh bien, faites-le monter.

— C'est une vraie poubelle, je vous préviens, m'sieur l'commissaire.

— Les poubelles sont un peu nos enfants, Sifoine, puisqu'elles contiennent nos résidus. Il faut être bon avec elles, ne pas les houspiller sinon on leur colle des complexes. Il n'est déjà pas drôle de faire le trottoir, s'il faut, de surcroît servir de souffre-douleur, c'est à désespérer, vous me comprenez, Sifoine ?

Le préposé ouvre grand ses fenêtres à meneau, puis sa bouche d'égout et finit par balbutier :

— Tout à fait, m'sieur l'commissaire.

— En ce cas, allez chercher cet homme et me l'accompagnez jusqu'ici en le prévenant que certaines marches de pierre de l'escalier sont glissantes.

Il obéit, parce qu'il est payé pour ça, et non pour laisser libre cours à ses préjugés à la con.

Qui vois-je entrer dans mon bureau ? Le clodo de cette nuit. Celui qui bivouaquait près du domicile des Malvut et m'a révélé par qui fut crevé mon merveilleux pneu.

Dans la lumière journelle, il est presque beau. Hirsute, sale, vineux, barbu mais beau. Beau à cause de son regard clair et intelligent qui continue d'émettre bien que bordé de maigre de jambon.

— Salut, mon petit gars ! me lance-t-il depuis le seuil critique de la pièce, tu me remets ?

— Plein cadre ! fais-je en lui allant au-devant dextre tendue, ce qui révulse Sifoine.

Je presse la paluche luisante du clochard et fais signe au plancton de retourner vers ses abysses d'origine.

— Alors, comme ça, c'est toi San-Antonio, fiston ? reprend mon visiteur.

— Vous me connaissez ?

— Je lis tes bouquins après les avoir piqués aux libraires et avant de les revendre aux bouquinistes.

— Cela me flatte.

— Tu peux, car depuis que j'ai moulé ma chaire au Collège de France, je ne lis plus grand-chose : l'*Essai sur les données immédiates de la conscience* de Bergson, le *Traité théologico-politique* de Spinoza, les *Thesmophories* d'Aristophane, mais jamais de romans en dehors des tiens, petit gars. Le roman, c'est de la soupe de pain perdu, des radis sans leurs fanes. Le radis, sans sa fane, c'est juste du néant qui fait roter, tu as dû le constater. Bon, c'est pas le tout : en m'attriquant tes petits talbins mignons, cette nuit, tu as fait tomber ça de ta fouille, garnement !

Il me tend ma carte de police.

— Pour un poulet, c'est pas marle de paumer sa brème ! Elle aurait été trouvée par un zozo, il risquait de faire joujou avec elle.

Je récupère mon bien, un peu penaud.

— Asseyez-vous, dis-je.

— Je ne voudrais pas m'incruster.

Néanmoins, il dépose son tas de hardes sur un siège.

— Je vous fais monter à boire ?

— Pas la peine, je suis paré.

Il arrache sa betterave, la débouche et me la tend.

— Si le cœur t'en dit. T'es pas obligé d'accepter, perdreau, ton refus ne me formaliserait pas.

J'entonne le goulot et siffle une rasade, ce qui, quelque part, l'honore.

— Tu as raison, exulte-t-il, c'est du côte-du-Rhône avec pedigree. Je l'ai acheté avec ton blé, il est correct que tu en profites.

— A l'instant, vous avez parlé d'une chaire au Collège de France, c'est un vanne ou quoi ?

— Pas du tout, mon petit gars. Je donnais des cours de sociologie.

Je pose une moitié de cul sur l'angle de mon burlingue, face au vieux fripon.

— On peut savoir ce qui vous est arrivé ?

— Rien de particulier.

— Mais encore ?

Il a un sourire un peu flou, une lippe désabusée tord sa lèvre inférieure.

— J'habitais dans un vieil immeuble, à la République, près du théâtre de l'Ambigu qu'on a démoli. J'avais une femme triste, une fille handicapée dans un asile, des bouquins en guise d'amis. Je prenais tous les jours l'autobus en compagnie d'un ramassis de cons pour aller donner des cours à d'autres cons. Parfois, pendant le week-end, nous allions à l'Opéra car mon épouse en raffolait. On mangeait beaucoup de pâtes et beaucoup de riz par souci d'économie.

« Un matin, j'ai senti que j'étais parvenu au bout de moi-même. Je me trouvais dans le bus, à la hauteur du Châtelet où l'on jouait du Lopez. J'ai pensé : « Ça y est, je n'en peux plus, il faut que je me détruise ». Mais je n'avais pas le courage d'arracher ma vie de ma carcasse. J'ai brûlé mon arrêt de bus. Parvenu au terminus de la ligne, je suis descendu du véhicule et j'ai dû rester une bonne heure immobile au bord d'un trottoir, ma serviette râpée à la main. Alors je l'ai vidée dans une boîte à déchets grillagée. Et puis je me suis mis à marcher au hasard, n'importe où. C'était royal comme sensation ! Enfin libre, mon petit gars ! J'étais passé de l'autre côté du miroir. Un mort-vivant, ça c'est le pied superbe ! Je n'étais plus mari, plus père, plus fonctionnaire, plus citoyen. Juste un être en errance qui pouvait penser à sa guise. Je n'avais besoin que d'un peu de nourriture et d'une niche pour passer les nuits. Rien à prévoir, rien à décider. Je marchais, je me reposais, je bouffais n'importe quoi, je mendiais, je me branlais dans des pissotières de solitude. J'apprivoisais le froid, je composais mentalement des textes qui sortaient de mon âme. J'oubliais le passé : mon enfance, mes études, ma carrière et mes amours ; mes chagrins et ce que j'avais cru être des joies. J'entrais, sans foi, dans des églises pour prier tout de même ou piquer dans les troncs, voire pour dormir un peu dans le noir d'un confessionnal.

« Ainsi fis-je l'apprentissage de la cloche, car cela s'apprend, comme tout ! C'est plus qu'une philosophie, presque un métier. On part du renoncement intégral et l'on s'enfonce délicieusement dans les abandons. On ne se lave plus, ne se torche plus le cul. Vos fringues pourrissent sur vous et s'en vont comme la peau en desquamation. On les remplace par n'importe quoi. L'hiver, on se fabrique des guêtres de carton et des gilets en papier journal. Au début, j'ai vu ma pauvre gueule de civilisé dans les journaux : « Avis de recherche, cet homme a disparu » ! J'en ressentais comme de la volupté. Ma femme se rongeant les sangs ! Foutaises ! Et puis il n'a plus été question de moi. J'avais passé la ligne de démarcation. Socialement je me trouvais radié. Je ne possédais plus la moindre signification collective. Dès lors, je vivais pour mon seul compte. Je mangeais pour moi, pissais pour moi, respirais pour moi. Quelle que soit la direction que j'empruntais en me déplaçant, *cela n'avait plus aucune importance ! Tu entends ça, petit gars ? Aucune importance ! je régnais enfin sur les quatre points cardinaux !*

« Parfois, je m'offre un plaisir : je vais m'installer (si tant est qu'on puisse dans mon cas parler « d'installation ») devant le domicile de mon ex-femme ou devant celui d'un ancien collègue. Je les regarde mener leur pauvre vie de jean-foutres. Si graves, si compassés, si certains de leur position sociale. Ma vieille mégère se paie une arthrose carabinée et traîne la patte. Un confrère démarre visiblement un chouette cancer du foie ou de l'estomac. Je biche ! En crevaison, tous ! En route, direction néant. Moi, fiston : intemporel ! Hors de toutes les atteintes. C'est solide, un clodo ! Ça meurt de froid un jour que l'abbé Pierre est en conférence. On le retrouve sur le pavé, roide dans ses nippes. On l'embarque avec les ordures du matin et peut-être le conduit-on au même endroit ? Ne sois pas triste, mon petit flic. T'as l'air chaviré de m'entendre. Avec ce que tu écris, tu ne vas pas m'assurer que tu crois au bonheur, aux vertus de la société ! Ne t'attriste pas sur mon royaume, je l'ai conquis de haute lutte, petit gars. »

— Vous voulez de l'argent ? balbutié-je, la gorge en taille de sablier.

— Oui, si tu en as à foutre en l'air.

Je sors mon larfouillet, hésite, lui tends un jaunâtre. Le clochard le regarde.

— Cinq cents pions ! s'exclame-t-il. Fais pas ça, gamin, tu le regretteras quand j'aurai le dos tourné. La charité, c'est un élan, une bandaison de l'âme. Lorsqu'elle est accomplie, on se fait des objections.

— Prenez et ne vous inquiétez pas pour mes états d'âme.

Alors il fait disparaître le talbin. Un silence nous unit plus étroitement. Merde, il me fout le bourdon, ce vieux crabe ! Note que c'est pas le premier libertaire que je rencontre. Déjà, M. Félix était assez chié dans le genre. Ce qui me mine, c'est de les trop comprendre, ces mecs. De piger exactement à quoi correspond leur démarche. De réaliser en plein leur terrifiante solitude. Les hommes, comme les loups, sont faits pour vivre en hordes. Celui qui s'en va seul à travers la forêt paie je ne sais quelle étrange dette.

— Vous passez vos nuits dans le renfoncement où vous étiez la nuit dernière ?

— Pour l'instant. C'est tranquille, y a pas de perdreaux dans le secteur. Je déteste être réveillé d'un coup de pompe dans les côtelettes !

— Vous retapissez donc les gens du quartier ? m'enquiers-je.

Il se marre à travers ses broussailles sanieuses.

— Écoutez-moi ce malin ! Son émotion est bien jugulée ! Place au flic !Qu'est-ce que tu voudrais savoir, poulet ?

— Le petit chiare de mes couilles qui a crevé mon pneu, vous l'aviez déjà remarqué ?

— Le fils du prophète ?

Là, il me botte.

— Qu'entendez-vous par là ?

— Ce trou-de-balle a pour père un type complètement siphonné qui pratique l'occultisme ou je ne sais trop quoi d'approchant.

— Comment savez-vous ça ?

— J'ai ma clientèle dans le secteur : des vieillardes qui préparent leur paradis en me faisant l'aumône. On bavasse. Je les amuse, ce qui les incite à la charité. Elles en ont marre des pauvres tristes, moi, je suis un pauvre joyeux !

J'ouvre mon tiroir du haut (je ne mets jamais rien dans ceux du bas), y prends une photo anthropométrique que j'ai fait descendre des sommiers et qui représente la femme Turpousse Maryse au moment de son arrestation. Elle a certes pris du carat en purgeant sa peine, mais reste parfaitement reconnaissable.

— Auriez-vous, par hasard, aperçu cette gueule ? questionné-je.

Il ne regarde pas le cliché.

— Pour cinq cents balles, tu espères faire de moi un mouchard, fiston ?

— Pas pour cinq cents francs, mais par amitié.

— Amitié ! Drôle de mot. Sais-tu de quoi tu parles ?

— Alors disons par sympathie.

Il soupire, se saisit de la photo et la tient éloignée de lui.

— Ça a besoin de lunettes, un clodo ? demandé-je.

— Non, car pour lire je me sers d'une lamelle de plastique qui fait loupe.

Il me rend le vilain portrait de la vilaine tante Maryse.

— Elle habite l'immeuble du prophète, déclare le « vieux dégueulasse ».

Bon, au poil, logique, tout s'enchaîne. Dans le fond, je pressentais bien un truc de ce tonneau.

— Vous avez encore un nom ? demandé-je à mon terlocuteur.

— Plusieurs, répond-il, car j'en change tous les jours. Aujourd'hui je m'appelle « Côtes-du-Rhône ».

— Et demain ?

— Probablement « Bitte Molle ».

Je lui tends la main.

— A demain, monsieur Bitte Molle.

IL EST DES PÉRIODES OÙ LES ALOUETTES...

Il est des périodes où les alouettes te tombent rôties dans le bec. Dans le cas présent, je n'ai pas à courir sus à l'événement, c'est lui qui vient à moi.

Ce midi, nous avons des invités *at home*. Il est assez peu fréquent que nous recevions sur invitation ; généralement on fait des bouffes improvisées avec la vie trépidante que je mène à grandes guides. C'est le ragoût ou la blanquette réchauffée, avec, pour précéder, l'omelette aux truffes préparée en catastrophe (m'man conserve en des bocaux mystérieux, de ces champignons souterrains qui sont la gloire de la cuisine française).

Aujourd'hui, c'est l'annif' de Toinet, aussi avons-nous décidé de mettre les pieds plats dans l'écran, comme j'aime à répéter ; d'autant qu'il tombe un mercredi, jour de relâche scolaire. Se trouvent conviés aux agapes, M. Blanc, Mme et leur tribu ainsi que la sœur de mon *black* collaborateur, l'excellente Cadillac V 12, dont il fut parlé dans l'une de mes livraisons antérieures. Cadillac V 12 travaille maintenant comme fille de salle dans un hôpital de la périphérie, ce qui est moins rémunérateur que fille de joie, mais plus honorable. Ma Félicie leur a manigancé un haricot de mouton qui ferait sécréter les papilles d'une pierre ponce, suivi de tartes à l'orange que si tu fais goûter ça à M. Lenôtre, aussi sec il se flingue avec l'une de ses broches, comme Vatel avec son épée.

La marmaille est en train de déguiser notre pavillon en Fort Chabrol quand un coup de sonnette retentit dans les coulisses du jardin. Maria va aux nouvelles et revient en précédant un gros type bas sur cannes et tellement ventripotent que les bords de son pardingue ne se sont plus rejoints depuis des années. L'arrivant est chauve du milieu, avec une couronne de cheveux noirs frisottés. Il a des bajoues, une moustache pour séducteur d'avant-guerre, le regard en coquilles d'escargot et un petit nez rond pas arrivé à terme. Il me dit confusément « quelque chose », sans pour autant que je le situasse. Il remonte l'allée cavalière du domaine en louchant sur l'agréable popotin de Maria, et on le sent prêt à avancer la main sur ces fascinantes et dansantes rondeurs, ce que je ne lui conseille pas, car mon ancillaire te lui tartinerait aussi sec la frite à l'onguent de phalanges ! Son pétrousquin, à l'Ibérique, est réservé à Sana. Tu connais les Espingottes ? Leur faroucherie en matière de fesse ? Le combien elles sont passionnées par un mec ?

Je passe pas ma vie à la calcer, Maria. Je parcimone même de la braguette d'en ce qui la concerne, pas que ça devienne une habitude et, partant, une corvée. Parfois, elle a droit à une troussée géante, la mignonne. Au super-gala des sens sur le grand air de *Carmen*. C'est l'embroquée souveraine quand nous sommes seuls à la maison. Le *big* lâcher de levrettes ! La harde épique ! C'est pas le genre de moukère qu'il convient de fignoler viceloque. Elle a le gabarit quatre roues motrices, ma soubrette. Lui faut l'emplâtrage véhément. Tu la verges d'importance, sans pleurer l'huile de couilles. Le côté casse-cabane ! On a brisé déjà une chaise Napoléon III et un mignon guéridon en bois fruitier, sans parler du sommier de son pucier qui prend de la gîte depuis notre dernière coïtée. La sabrée Reichshoffen, si tu vois ce que je veux en venir ? La *señorita,* elle est nulle au scrabble, mais au radada c'est une solide affaire. Tiens, puisqu'on parle de scrabble, je vais t'indiquer au passage, un blaze de rêve quand tu joues avec adjonction des noms propres : M. Zworykin. Si t'arrives à le placer dans la partie, tu fais un monstre carton, surtout si ça triple ! Retiens bien : Zworykin, comme tu le sais déjà ce gonzier a inventé l'iconoscope (faut dire qu'il était d'origine russe).

Et bon, je te reprends l'arrivée du gros vilain sur les talons (plats) de Maria. Son lardeuss poil de chameau est constellé d'auréoles. Le bouton du haut de son futal a choisi la liberté et ses chaussettes à losanges jaunes et bleus tire-bouchonnent sur ses mocassins éculés de frais.

Pile qu'il rentre, y a Ramadédeux, la fille aînée des Blanc (ainsi prénommée parce que sa chère maman s'appelle Ramadé), qui tire un penalty avec une boîte de conserve vide retrouvée dans la poubelle sous l'évier. Maria a la présence d'esprit de se pencher et c'est le visiteur qui la morfle pleine poire. Voilà son petit bout de nez rond entaillé. Il pisse le sang au milieu de notre vestibule, sans piger ce qui vient de se produire. Félicie cavale à fond de train jusqu'à son armoire à médicaments. Elle détient une véritable pharmacie, ma vieille. Chez nous, tu peux souffrir de n'importe quoi, elle est cap' de te soigner. Un vrai dispensaire ! Bien entendu, les chiares se marrent. Jérémie houspille la fautive, mais pour la forme, car il a toutes les indulgences pour ses rejetons, le grand primate.

Ramadé, plus motivée puisqu'elle vit davantage au contact de sa lignée, distribue des mornifles en gueulant dans leur dialecte du fleuve Sénégal. Tout ça fait très folklo. Le gros gus perd pied au milieu de cette peuplade surexcitée. M'man le fait asseoir et se met à lui étancher le raisin. Au bout de chiche, le voilà barbouillé de mercurochrome dans la région nasale (ce qui n'ajoute rien à son charme), et pourvu d'un fort sparadrap qui escamote entièrement son faible appendice. S'il est vrai que le sexe soit en rapport de taille avec le pif, il doit pas trimballer grand-chose dans son kangourou le quidam. Ça se situe dans le calibre gnocchi, son bistougnet. Même poché à l'eau bouillante, t'arrives pas à le faire gonfler valablement ! Quand il déballe l'outil, la première fois, y en a pas de seconde ! Sa partenaire se slipe à tout va dans l'escadrin de l'hôtel en clamant comme quoi elle fait pas collection de cure-dents !

Tu l'entendrais maugréer sous son pansement, le calvitié ! Il a le renaud méchant ! Il annonce qu'il va déposer une plainte : dommages intérêts, coups et blessures, la lyre... Ma Féloche s'escrime à lui expliquer que des enfants, c'est des enfants. Ramadédeux ne l'a pas fait exprès de lui calamiter le tarbouif ! C'est une malencontruosité. S'il tient à consulter, elle peut faire venir notre médecin de famille, l'un des rares toubibs qui acceptent encore de se déplacer, car, de nos jours faut porter ses agonies dans les cabinets médicaux, pas surmener nos praticiens. Mais le vilain teigneux refuse. Il réserve les suites, ou je ne sais quoi ! N'en plus, risque d'odieux sarcasmes relatifs à la couleur de la garnemente qui lui a infligé cette blessure. Que pas étonnant d'être attaqué par des gens de cette espèce. Pauvre France, si en butte ! Pillée, démantelée, dépecée par des vautours de toutes sortes, en tout cas pas blancs de plumes.

Pendant qu'il vitupère, je l'examine acuitement, cherchant dans mes souvenirs où j'ai déjà rencontré cet énergumène. Un être douteux, pas frais, à virguler dans le vide-ordures. Nous n'avons pas eu des rapports très suivis, lui et moi, mais nos routes se sont croisées, pas de doute !

Enfin, l'incident se tasse un peu. M'man emmène les lardons jouer dans le cabanon au fond du jardin, là qu'on remise les outils, les meubles d'été et un tas de charogneries en tout genre qui va faire leur bonheur. Ils vont pouvoir s'en payer une tranche, les Attila de la famille Blanc. Mettre à sac la masure que je me propose de faire aménager en appartement d'amis un jour. Mais ce qui me retient, c'est que nous n'avons pas d'amis suffisamment amis pour qu'on puisse les tolérer longtemps dans notre espace vital. J'entendais le commandant Cousteau (des Epinettes et de l'Académie française) l'autre jour, qui déclarait que les Français sont les gens les moins hospitaliers du monde.

Il n'a sûrement pas tort ; mais moi je sais la raison de cette inhospitalité : le Français il a horreur qu'on le fasse chier. Il sent bien que son existence est brève, le Français. S'il doit se casser les couilles à héberger des gens, il préfère pas avoir de potes ; se garde pour soi tout seul, s'économiser un max ! Merde ! elle est assez duraille à assumer, l'existence, non ? Et tu voudrais, de surcroît, vivre pour des gens dont, franchement, t'as pas grand-chose à cirer, toi ? Un gueuleton, il veut bien le Français, c'est pas long et c'est l'occasion d'une belle jaffe. Mais garder des mecs sous son toit, tu parles d'une méchante corvée ! Ma pomme, quand ça m'arrive d'héberger, je compte les jours, les heures, même ! Je secoue ma montre dans l'espoir que ses aiguilles tourneront plus vite. Ce qui t'explique que notre cabanon, c'est pas pour demain qu'il deviendra annexe pimpante de la maison mère.

Et bon, la horde déferlant dans les communs, nous voilà plus aptes à converser, le blessé et moi.

— Je suis maître Jean-François Krackzyblum, déclare le pernicieux, mais nous nous sommes déjà rencontrés aux assises pour le procès Tuladanle.

Ça y est ! je savais bien que cette sale frite faisandée ne m'était pas inconnue. Me Krackzyblum, c'est l'avocat marronasse dans toute sa splendeur. Je devrais pas lui donner ce nom-là, ils vont croire que je suis raciste ! Faut penser à tout ; pas heurter les sensibilités, comme on dit. Un blaze pareil, ils vont clamer que je frontnationalise, c'est couru. Donc, au temps pour moi, il s'appelle plus Krackzyblum. Rectifié ? Admis ? Merci. Mais Jean-Marie Le Clanche. T'as noté ?

Je te disais que comme planche pourrie tu pouvais

pas trouver pire. Toutes les affaires qui puent fort la merde ou la sanie, il en est, Le Clanche. Plusieurs fois, il a failli se faire radier du Barreau. Les blâmes qui lui furent infligés, il en tapisse les murs de son cabinet (un cabinet qui sent fort la fausse aisance et la fosse d'aisance). Moi, l'éclair ! Je pige que c'est ce fumelard que la tantine à Toinet nous dépêche. Elle n'a pas traîné et, naturellement, a fait appel à la pire sous-merde qu'y se puisse trouver au Palais de Justice en dehors de certains prévenus. Alors je souris.

— C'est la femme Turpousse qui vous envoie, mon bon maître ? narquois-je. Je m'étonne que vous vous déplaciez chez la partie adverse, et ce sans même prendre rendez-vous. N'est-ce pas contraire à la déontologie ?

Il touchotte le pansement dissimulant son brin de pif. Il est inquiet pour son *look,* le forban. Des fois qu'il cesserait de séduire les duchesses de bastringue composant son ordinaire ! Puis, il l'oublie vingt secondes et déclare :

— J'ignore de qui vous parlez, commissaire.

Au temps pour moi. J'ai l'air malin du gonzier qui annonce un carré d'as à la belote et qui s'aperçoit, en le couchant sur le tapis, qu'il se compose de quatre as de pique.

— En ce cas, quelle est la raison de votre visite ?

— Si l'on ne m'avait pas fait éclater le nez au moment où j'ai franchi votre seuil, vous le sauriez déjà ! aigrise le maître.

Je pose ma main peu dégoûtée sur son épaule peu ragoûtante et l'entraîne vers le petit salon au piano droit déjà mentionné quelques merveilleuses pages plus haut.

Il choisit la bergère, plus apte à héberger son sale gros cul de goret.

— Et moi qui viens ici pour vous rendre service, geint Le Clanche (ex-Kracskzyblum).

Lui ! Me rendre service à MOI !

Mais le seul service que je peux attendre de cet être abject, c'est son départ de la maison ! Il a la présence souilleuse, tu comprends ? Il dégage des ondes et des odeurs, des impressions. Faut être fumier de père en fils pour ne pas se sentir incommodé par lui. Un service rendu par cet être, si tant est que la chose se puisse, n'a rien d'honorifiant. Au contraire, elle implique je ne sais quoi de dégradant.

J'attends la suite, sans marquer la moindre réaction, kif le Penseur de Rodin, boulevard Raspail.

— Commissaire, attaque-t-il, vos jours sont en danger !

Fichtre foutre, cette grandiloquence !

— Je sais, réponds-je, ils le sont depuis l'instant de ma naissance et nous devons être quatre ou cinq milliards de bipèdes dans ce cas sur la planète.

Ma boutade ne le divertit point. Il se baisse pour remonter une chaussette tombée bien bas, découvrant ainsi une cheville blême, veinée de bleu gerbant.

— Vous ne devriez pas plaisanter, commissaire. C'est grave.

— Parlez et j'en jugerai, réponds-je avec hauteur (un mètre soixante-dix-huit sous la toise ; un mètre quatre-vingt-quatre si je me tiens sur la pointe des pieds).

— Commissaire, poursuit-il, j'ai reçu hier la visite d'un individu dont l'appartenance au Milieu ne fait pas de doute.

— Si vous le dites, c'est que c'est vrai, renchéris-je.

— L'homme en question se trouvait plongé dans un grand embarras et, sous le sceau du secret professionnel, m'a fait part de celui-ci. Vous comprendrez donc qu'il ne me sera pas possible de vous révéler son identité après que je vous aurai répercuté ses paroles.

C'est gonflant de voir comme un faisandé de ce calibre ne peut celer son hypocrisie. Il a beau vous regarder droit dans les yeux en prenant une expression de brave homme, son regard trahit sa faux-dercherie.

Le mien, pour ne pas être en reste, lui retourne en exprès une formidable charge de mépris.

— L'individu en question, reprend le maître, nullement découragé, s'est vu proposer un étrange contrat. Une forte somme qu'il n'a pas voulu préciser, lui a été offerte pour vous supprimer.

— Et il a décliné l'affaire ? m'exclamé-je d'un ton léger.

— Vous le voyez.

— Il me trouve trop sympa pour me déguiser en viande froide ?

— Il a pour règle absolue de ne jamais toucher à un flic !

— Dites-moi, cher maître, c'est un truand de l'Ancien Régime, votre ami : il respecte la règle d'or du crime ! Ses trois unités !

— Cet homme n'est pas mon ami ! rebiffe Le Clanche d'une voix tranchante.

— Disons en ce cas votre client. Ses scrupules l'honorent ; et pourtant, ce ne doit pas être la fleur des petits pois pour que lui soient proposés de tels marchés !

— Ma clientèle ne se recrute pas au couvent des Oiseaux, commissaire.

Je souris (finement, si j'en crois la glace au vieux cadre mouluré fixée à la hotte de notre cheminée).

— Cet individu est néanmoins capable de bons sentiments, puisque non seulement il refuse de m'assassiner mais pousse la charité jusqu'à me prévenir, dis-je.

— Cette seconde initiative est de mon fait, intervient Le Clanche. (Non, c'est un nom trop honnête, décidément ; presque breton ! Faut que je trouve un blaze à consonance étrangère. Le côté levantin. Tiens : Zizoula ! C'est marrant, non ? Ça fait bien chauve-frisotté-au-teint-safran. Maître Zizoula. Maître Moktar Zizoula, ça joue ? C'est reparti !)

— Trop aimable à vous, maître Zizoula.

— Si je ne vous avais pas prévenu, mon cher commissaire, je serais moralement complice d'un meurtre éventuel.

— Je cherche à comprendre pourquoi votre client

ous a mis au courant de cette proposition repoussée, 'il n'avait pas l'intention de me prévenir.

— Il se doutait bien que je le ferais.

— Et il ne vous a fourni aucune précision sur les ;ens que ma vie importune ?

— C'eût été suicidaire de sa part, convenez-en !

— En effet, admets-je. C'est tout ce que vous aviez me dire, maître Zizoula ?

— C'est tout, mais ne trouvez-vous pas que c'est eaucoup, commissaire ?

— Je ferais preuve d'une ingratitude noire si je rétendais le contraire. Selon vous, mes « ennemis » uront sonné à une autre porte pour réaliser leur lessein ?

— Cela semble probable. A votre place, je resterais ur mes gardes. Gilet pare-balles, armes de poing cons-amment à disposition et, pourquoi pas : garde du corps ux aguets ! La vie est le plus précieux de tous nos iens.

Je suis convaincu que si j'avais une concierge, elle iendrait un langage identique. Tous les philosophes oncordent sur ce point.

— Il ne me reste plus qu'à vous remercier pour votre ollicitude, maître. Et à vous demander une nouvelle fois ardon pour cette blessure. Donnez-moi vos coordonnées fin que je prenne de vos nouvelles. Si la chose revêtait uelque complication, prévenez-moi pour que j'alerte non assureur.

Il est de ces gens qui ont en permanence un paquet le cartes de visite dans leurs poches, prêts à les distribuer tout propos. Celle dont il me gratifie a un brin de abac collé à son revers et une minuscule tache de rillantine sur l'avers. Je l'adopte telle que et raccompa-;ne le vilain-pas-beau jusqu'à la grille. La troupe des négrillons nous lapide avec les oignons de tulipes que n'man met à sécher dans le cabanon, et maître Zizoula n déguste un sur la pommette, bien que je me sois nterposé en pare-oignons.

— Comprenez-moi, déclame le ténor (enroué) du Barreau (scié), je ne suis pas raciste, avec le dernier nom dont vous venez de m'affubler je ne peux pas me le permettre, mais, franchement, je me demande si ces gosses ne seraient pas plus à leur affaire dans des contrées où sévissent encore les reptiles et la malaria !

Il s'en va au volant d'une voiture japonaise dont je ne dirai même pas le nom, tellement je trouve con de rouler japonouille quand on est européen. Qu'enfin merde, si c'est comme ça qu'ils préparent quatre-vingt-douze, faudra pas qu'ils se plaignent de l'avoir dans les miches !

Pendant que les dames reprennent le café et que les bambins commencent la démolition systématique de notre cabanon, Jérémie et ma pomme on devise à bâtons repus dans ma chambre.

C'est un lieu privilégié où je reçois peu. En dehors de m'man, avec laquelle j'ai de longs épanchements à l'heure sacro-sainte du petit déje, et des carambolages express qu'il m'arrive de pratiquer épisodiquement à Maria, rare sont les personnes que je reçois en ce lieu consacré à l'écriture et au sommeil.

J'ai pris place dans mon fauteuil rustique et Jérémie s'est assis à même le sol, le dos appuyé à un bonheur-du-jour qu'il doit prendre pour un cocotier.

— Tu sembles troublé ? note mon sombre ami.

— Il y a de quoi, fils.

Avant de lui casser les révélations de l'avocat marron (foncé) je note :

— Drôle de période où des gens bizarres venus d'ailleurs déferlent sur moi. L'autre soir, c'est une tante de Toinet, frais émoulue de taule, qui vient m'annoncer sa volonté de récupérer le môme. Ensuite, c'est un clodo très particulier qui me rapporte ma carte de police, que je n'ai cependant pas l'habitude de perdre. Enfin ce pourri de Zizoula se pointe pour me faire part de la confession de quelqu'un qu'on aurait voulu engager pour me dessouder et qui aurait refusé le boulot !

— Il s'appelle comment, cet avocat ?

— Zizoula, fais-je d'un ton mal assuré. Mais, franchement, ce blaze ne lui convient pas des mieux car il est un peu trop moyen-oriental et jette le discrédit sur une race qui ne le mérite pas. Aussi, si la chose ne te contrarie pas, vais-je le rebaptiser Simson, un patronyme anglo-saxon attribué à un méchant ne désoblige personne. Franck Simson, donc, est venu m'apporter la funeste nouvelle suivante : des gens dont il prétend tout ignorer, ont tenté de confier mon assassinat à un tueur à gages, probablement chevronné. L'excellent artisan a décliné la propose, peu soucieux qu'il est d'avoir une carcasse de perdreau à son tableau de chasse.

M. Blanc étudie ses ongles beige clair, puis satisfait par leur propreté, demande :

— Tu crois à la chose, Sana... ?

— Non, je suis convaincu que c'est du pour[1]. Si maître Simson apprenait qu'on veut me refroidir, il ne dépenserait même pas le prix d'un jeton de téléphone pour m'en avertir.

— Alors, pourquoi cette visite ?

— Voilà une bonne question à cent balles, grand primate. Si tu parviens à y répondre, t'as tout pour devenir un champion du « Trivial Pursuit ».

— Dois-je comprendre que, par cette boutade, tu me charges d'enquêter sur maître Simson et ses éventuels confidents ?

— Tu es le seul Noir à même de comprendre les choses sans avoir besoin de dessins étrusques. Oui, je te confie le soin d'élucider ce casse-tête. Pourquoi cet avocat de mes fesses est-il venu me prévenir qu'un grave danger planait sur ma modeste existence ? Afin de m'intimider ? Pour se mettre bien avec moi ? Pour préparer je ne sais quel coup tortueux ?

1. Pour : en argot, contrevérité.

D'une détente féline, Jérémie se met droit sur ses antérieurs.

— Ne sois tout de même pas trop insouciant, Antoine, et ouvre l'œil. Il ne faut pas écarter la possibilité que tout cela soit vrai.

Y A DES MECS QUI PRÉFÈRENT LES FILLES RAPIDES...

Y a des mecs qui préfèrent les filles rapides à celles qui hésitent plus d'une heure avant de t'accompagner à l'hôtel de « La Passe de Deux ». Moi, c'est les voitures rapides qui me régalent ! Appuyer sur un champignon de métal et sentir ta caisse foutre le camp sous tes miches comme un lavement que tu ne contrôles plus, quel panard !

Ma Maserati, tu peux pas savoir, les coïts épiques qu'on s'est payés, les deux. Le grand enivrement, c'est sur autoroute. Quand la voie est à peu près dégagée et que la carburation s'opère dans le moelleux. T'enfonces de toute ta plante du pied, sans à-coups. La belle régalade. Le moteur dit oui, les pistons pistonnent, ton dossard se colle au siège et t'entends susurrer les kilomètres dans tes cages à miel. L'extase, je te dis.

La semaine passée, sur l'autoroute Sud, mon pote ! A deux cent vingt-neuf, montre en main ! Et la tire qui bronche pas. Se met à bouffer de l'asphalte sans renâcler. Voilà un motard qui me course, m'intime de stopper. Je. Il déjugule son casque qui le faisait ressembler à la Grande Mosquée d'Istanbul. Bref salut militaire avec deux doigts ; il mouillait de bonheur dans sa culotte, l'apôtre. Et moi, pour lui exploser les jubilations, de lui brandir ma carte.

« — Vous allez tout me faire rater, bordel ! Vous ne

voyez pas que je coursais un malfrat ! Féfé-le-Nantais, ça vous dit quelque chose ? Il a refroidi davantage de gens que la guerre de quatorze ! »

Ça lui disait d'autant moins que Féfé-le-Nantais n'existe pas. Ou alors, par inadvertance.

« — Il roule à bord d'une Renault 25 noire, me racontez pas que vous ne l'avez pas vue, nom de Dieu ! » ajouté-je.

Sur l'autoroute du Sud, le motard qui ne voit pas une R 25 noire, c'est qu'il pilote son cube avec une canne blanche, t'es d'ac' ?

J'ai rembrayé sans attendre.

« — Je vais vous ouvrir la route, commissaire ! » il m'a crié.

Et voilà le cavalier de l'Apocalypse qui décarre avec sa lampe à souder sous les couilles ! Sirène hurlante, fumée au fion. Restait plus qu'à me laisser driver ! Ça roulait si vite que je n'avais pas la possibilité de matouzer mon compteur ! A ces vitesses-là, un éternuement et tu te retrouves dans les labours, à la renverse, ton volant en guise de couronne mortuaire !

Je repense à cette monstre griserie tandis que je pédale sur la nationale 13. Juste que je vais dépasser la bifurc de Vaucresson, j'avise une auto-stoppeuse debout à l'intersection, en train de jouer du pouce et du pétoulet. La vacca ! Cette vision ! Un éclair, j'enregistre à la vitesse du flash. Grande, mince, rousse, short en jean élimé sur mesure, cul admirable suivi de seins parfaits, c'est pas possible autrement, bien que le poids de son sac tyrolien mette ses lolociies en vedette. Je freine comme si un pensionnat de fillettes venait de débouler sur la strasse. Stoppe cent mètres plus loin. Recule. Mais un autre tomobiliste moins fougueux s'est arrêté à point, pile devant la déesse du goudron.

— Permettez ! lui crié-je : je l'ai vue le premier.

— Et mon cul ? il me lance.

Je déboule de ma charrette.

— Ton cul, tu te le prends et tu te l'emmènes promener, figure de rat ! Tu crois que cette jeune fille a envie de voyager avec un goujat mal embouché ?

Du temps qu'on échange ces tout-venances banales, la fille a déjà placé son sac à dos sur ma banquette arrière et son fabuleux dargif sur ma banquette avant, ce qui règle le litige.

Le paltoquet repart, furax à apoplexier, en me conseillant d'aller me faire mettre par les Grecs. Ce que je te demande un peu pourquoi j'irais déranger des Hellènes alors que j'ai à dispose cette pure merveille de la nature à qui je peux rendre présentement un service que des Athéniens absents ne sauraient m'accorder.

Je reprends ma place au volant. La gonzesse me sourit. D'emblée je m'assure qu'elle n'est pas trop craignos. Ces arpenteuses de nationales ont souvent tendance à négliger leur service entretien et ma pomme, si une gerce n'est pas rigoureusement *clean* de partout, je préfère abstiner. Aucun effluve malséant ne m'outrageant les narines, je me sens soudain joyeux et je lorgne l'aubaine avec une sympathie accrue.

— C'est gentil ! me fait-elle avec un sourire que je lui dévorerais en pleine gueule si je ne roulais déjà à cent cinquante.

Son accent ! Une merveille ! Pas anglais, peut-être allemand ?

— Où allez-vous ? je lui questionne à m'en brûler le pourpoint.

— Rouen !

— Par exemple ! Moi aussi ! mens-je précipitamment car en réalité, je ne vais que jusqu'à Mantes-la-Jolie ; mais je suis extrêmement vacant en ce moment.

— Formidable ! se réjouit l'extrêmement bioutifoule.

Elle a la peau un tantisoit ambrée par l'air de ses vagabondages transeuropéens. La bouche pulpeuse, comme il sied dans un livre de ce tonneau, a été rechargée à la va vite d'un rouge légèrement cyclamen. Les yeux sont bleu-gris, ou plus exactement gris-bleu.

Le nez est d'une délicatesse extrême. Les pommettes dessinées par Van Dongen.

Quand il y aura un ralentissement, à un péage ou ailleurs, j'examinerai son hémisphère sud. Pour l'instant, ce serait imprudent, car je sais qu'il y aura alors un sacré court-jus dans mon système nerveux.

— Vous êtes allemande ? m'enquiers-je.

— Non, finlandaise.

— J'adore la Finlande ! Sa Laponie, ses lacs, ses forêts infinies, ses rennes blancs, ses élans du cœur aux ramures impressionnantes !

Je la guigne derechef et j'ajoute :

— Ses filles uniques au monde !

Elle me défrime en chanfrein et sourit.

Je lui fais comme ça :

— C'est chouette d'avoir préféré ma Maserati à la poubelle de l'autre tocard.

— Qui vous dit que c'est la voiture que j'ai choisie ?

Pile la réponse de rêve. J'aurais pas osé la souhaiter ! Une trimardeuse qui te virgule un machin comme ça, tu peux, d'aurore et d'orgeat (comme dit le Gros) courir te briquer le paf au lavabo, car il va être question de lui dans pas longtemps.

— Vous visitez la France ?

— L'Europe ; je reviens d'Italie et je remonte.

— C'est pas dangereux de voyager seule quand on est une fille éblouissante de beauté ?

— Au début, je suis partie avec mon ami. Mais à Vienne, il a attrapé une pneumonie et il a dû rentrer en avion.

— Vous n'êtes pas repartie avec lui ? constaté-je.

— Non ; je commençais justement à en avoir assez de ce garçon ; rien de plus révélateur que ce genre de voyages pour tester la qualité d'un amour.

Pas mal, cette greluse. Du chou ! De l'énergie !

— Les types qui vous prennent en stop n'essaient pas d'exploiter la situation ? tâté-je-le-terrain.

— Si, la plupart.

— Et alors ?

— Quand ils sont laids, vieux ou antipathiques, je sais leur faire comprendre qu'ils perdent leur temps.

— Et ils le comprennent ?

— Oui, car je leur dis que j'ai le sida.

— Et quand ils ne sont ni laids, ni vieux, ni antipathiques ?

— En ce cas je passe un bon moment avec eux ; cela fait partie des plaisirs de ma randonnée.

Voilà qui est net. Dieu que l'avenir immédiat se présente sous d'heureux auspices, comme on dit à Beaune.

— Vous avez le sida ? je questionne.

— Dieu merci, non.

— Donc, je peux déduire de votre réponse que vous ne me rangez pas dans la catégorie des laids, des vieux ou des antipathiques ?

— Absolument pas.

Ma main est déjà sur son genou bien rond comme un galet du Rhône, ce bon vieux papa de ma jeunesse.

Elle joue à m'emprisonner la main en serrant fortement les jambes. Oh ! le coup qui se prépare, monsieur le maréchal ! Cette gourme d'au moins dix centilitres que je vais balancer ! C'est pas une pile, c'est un groupe électrogène, la jolie Finnoise.

— Quel est votre prénom ?

Elle me déballe quelque chose long de plusieurs syllabes, tellement imprononçable que je renonce à tenter de le mémoriser.

— C'est pas un prénom, c'est un alexandrin, lui dis-je. Vous devez bien avoir un diminutif ?

— Mes amis m'appellent Mira.

Je ne lui dis pas que j'ai eu une chienne qui se nommait ainsi. Nous passerions le restant de nos jours ensemble, faudrait jeter des bases nouvelles. Mais pour aller tirer une superbe crampe à l'hôtel du *Petit Flaubert* (ex — *Grand Corneille*) à Rouen, Mira devrait suffire.

Bon, alors on roule. Je me cantonne dans les cent

vingts réglementaires, biscotte mamzelle me triture la membrane à travers le futiau. Tu crois que je vais pouvoir tenir jusqu'à Rouen, mécolle, avec plus de vingt centimètres de paf en béton dans le kangourou ?

J'envisage de stopper sur une « aire de repos » pour me faire dégorger le Nestor. Ce qui me retient, c'est ce bon vieux sens du perfectionnisme qui régit ma vie. Je me dis que s'expédier dans le cosmos en bagnole, ça a parfois du charme, c'est même assez mutin. Mais du point de vue de l'exploit intrinsèque, c'est restrictif. Tu peux perpétrer la « charge cosaque » toi, même dans une Maserati ? Et la « brouette mongole », dis ? Tu la tenterais en voiture, la « brouette mongole », Anatole ? Même pour le « caprice de Cupidon » tu l'aurais dans le cul (mais pas elle !). Alors, je suppute. Sur un parking, tout ce que tu peux ambitionner c'est l'enfilage Windsor, à condition de passer à l'arrière parce que cette foutue boîte à gants centrale condamne l'opération à l'avant. Bon, tu as le gentil calumet de départ, slave avale de soi. Mais si tu es bien élevé, tu ne peux pas te laisser engouffrer par une sœur sans lui revaloir la politesse. Surtout quand t'es né sous le signe du Cancer, ascendance Zorro.

— Écoutez, Mira d'amour, je glapatouille, si vous ne cessez pas vos manœuvres d'urgence, je vais être obligé de me ruer sur le premier parking venu pour vous prendre en soudard comme n'importe quel garçon boucher d'Helsinki à sa sortie du culte. Alors que si nous patientons jusqu'à Rouen, je vous y ferai connaître des sensations que la pauvre Jeanne d'Arc, qui y est morte, n'a jamais connues ; elle qui, à l'ultime instant de sa vie aurait volontiers échangé, je suppose, son pucelage contre un pompier.

Même dans ces pays scandinaves qui tracent des croix sur leurs drapeaux, la jugeotte féminine reste implacable.

— Nous sommes à combien de Rouen, du point de vue temps ?

— Une bonne heure.

— Voudriez-vous me faire croire que si nous marquions une halte maintenant, vous seriez incapable, dans une heure, de réaliser les prouesses que vous suggérez ?

Ça, c'est parler, non ? Imparable ! Ça s'appelle mettre un mec au pied du mur ! Justement, il nous est promis une « aire de stationnement » pour d'ici mille mètres. Ce sera une aire de félicité, donc !

Je ralentis, enquille la rampe le moment venu.

Comme le Seigneur est grand ! Comme Il est plein de mansuétude, même avec les pauvres pécheurs de ma sombre espèce. Il ne nous condamne jamais. Nous pardonne avec indulgence. Sa seule petite vacherie c'est de nous laisser le choix, le Seigneur. « Voilà un pot de confiture auquel il ne faut pas toucher, fiston, maintenant fais à ta guise ! »

Et moi, la confiture Mira, me demande pas si je suis preneur. La digue, quoi ! Cette môme, je me la caraméliserais dans les flammes de l'enfer plutôt que de la laisser passer. Ma nature ! On ne se refait pas. Et c'est tant mieux car si on se refaisait,. on se louperait davantage encore.

Alors je prends conscience de cette aire de tringlerie. Ça fait des méandres dans une sorte de faux parc un peu pelé, où végètent des arbrisseaux tellement intoxiqués par l'oxyde de carbone qu'ils ne deviendront jamais plus gros que le tronc d'une louche à potage.

Au premier plan, il y a la cahute chichemanes qui fouette la pisse à cinquante mètres. Je la contourne. Je n'aperçois, à l'écart, qu'un camion international immatriculé *in England.* Le routier britiche doit se payer une sieste réparatrice. Je file jusqu'à lui et me colle à son fion, dans son ombre propice. Ouf ! Là, nous pouvons donner libre cours à nos bas instincts. Libre cours, c'est une expression que tu trouves dans des bouquins huppés. J'en pique une, temps à autre, prouver que l'Antonio n'est pas plus con qu'un autre et qu'il pourrait faire genre, lui aussi, si ça le bottait.

La jolie Finnoise, qu'à peine j'ai coupé le moteur,

elle me bondit sur l'érable, comme on dit au Canada, et me file une menteuse de quinze centimètres dans la clape. J'en ai le souffle interrompu. On l'appellerait « langue agile » chez les Indiens, cette furie ! Quelle prestesse ! Quelle prêtresse ! Les dix-sept muscles striés de son organe charnu me déferlent entre les ratiches, se baladent sur mes gencives comme en terrain conquis, vont rendre une visite de politesse à mes amygdales. Je ferme les yeux car la voici trop contre moi pour que je puisse l'admirer, Mira. Je me livre à sa chaleur, à sa fougue. Pis que sa menteuse : ses menottes ! Elles sont partout à la fois. Elles me fulgurent dans le décolleté du grimpant. Me pressentent les aumônières, le casque de parade, tout bien tout ! Ah ! tu peux partir en stop quand t'es armé de la sorte, t'as du répondant, Armand !

Je veux apporter ma quote-part aux ébats. Y aller moi aussi de la paluche et de la languette, bien caméléoner cette Suzette, lui dégoupiller les mamelons, jauger son frifri somptueux.

Mais elle rebuffe à la langoureuse. « Attends, attends », supplie la petite princesse de l'embroque motorisée. « *Not yet* » qu'elle m'ajoute en anglais, manière de renforcer. Et alors, ma pomme, il m'arrive un truc terriblement bizarre. Mon pare-brise se trouve à deux mètres du camion et fait miroir de la sorte, me comprends-il-tu ?

Voilà que, dans cette glace improvisée, je distingue une silhouette floue, spectrale, j'oserais dire, ayant toutes les audaces. Cela fait songer aux apparitions dans les films d'épouvante. Le gonzier qui noue sa cravtouze devant son miroir et qui voit se constituer en fond perdu une image de fantôme. Elle s'approche, derrière lui, à la fois floue mais perceptible. Elle fait un geste lent. Là, mon spectre est minuscule. Il a l'apparence de Bruno Malvut, le copain de Toinet, celui qui fait médium à ses heures !

Le môme se pointe, avec sa petite frite de mulot, ses lunettes dont l'un des verres est opaque (comme l'œuf d'), son teint blême, sa mâchoire qui proémine de l'avant, façon décapsuleur. Tiens, au fait, C'EST un rongeur ! Il grignote la réalité, Bruno. Crée des courts-circuits dans les entendements.

Et donc, te dis-je, le voilà dans mon pare-brise-miroir. Il m'adresse une mimique muette. Un double signe : du regard et du doigt. Il me désigne quelque chose au-dessus de ma tête. Machinalement, je lève les yeux, mon regard plonge alors dans le rétroviseur, le vrai. Je prends la vision à toute volée dans la comprenette. Le canon d'une mitraillette est appuyé à ma vitre, dans mon dos. J'ai la réac superbe : je plonge sous le tableau de bord, arrachant ma zézette turgescente de la bouche admirablement bricoleuse de mam'zelle Mira qui venait de m'attaquer un solo de clarinette baveuse.

Tout a lieu dans la même fraction de seconde : un jet de balles impétueux carbonise la vitre, fouette l'habitacle en force. Une volée de frelons m'assaille. Je les sens grouiller sur ma tempe et mon épaule droites. L'arrosage est appliqué, fulgurant et pourtant parfaitement contrôlé. Malgré sa relative brièveté, il me paraît ne jamais devoir finir.

Et puis le silence se reforme. De courte durée car je perçois une galopade suivie bientôt d'un claquement de portière et du démarrage express d'une bagnole. Par la portière dont la vitre est pulvérisée, m'arrive le grondement proche de l'autoroute de l'Ouest ; s'y ajoute le miaulement sinistros du vent d'hiver.

J'entreprends de me redresser. Dur exercice car je me suis jeté avec tant de vigueur sous le tableau de bord que je m'y trouve comme encastré, bloqué en outre par les jambes sublimes de ma jolie stoppeuse. C'est elle, pour lors, qui a besoin d'être stoppée ! Déchiquetée, elle est, Mira-la-Belle. Lui manque un tiers de gueule et ses seins sont en bouillie.

Une fille pareille ! Ah ! que n'est-elle montée avec le freluquet de tout à l'heure au lieu de choisir ma rutilante Maserati ! Mais, dis voir, je ne me sens pas des mieux.

Il me semble que je me baigne sur une plage infinie et que la barre océane roule jusqu'à moi, me happe, m'emporte !

Un bruit de converse m'atteint au fond de mes abysses. J'entends un mec anglais qui ne parle pas français donner des explications à un mec français qui n'entend pas l'anglais. Et moi, l'instinct revenant, de songer : « C'est le camionneur » du « long *vehicle* » garé devant moi. Je voudrais faire le traducteur. Le Rosbif explique qu'il roupillait dans son carrosse lorsqu'il a été réveillé par une salve de mitraillette. Le temps qu'il s'arrache à Morphée pour visionner l'extérieur, une voiture blanche démarrait, de l'autre côté de l'aire de stationnement. En force ! Elle a décrit plusieurs queues-de-poisson avant de récupérer son assiette, puis a disparu. Sa plaque ? A cette distance elle n'était même pas visible.

On m'a étalé dans l'herbe glacée. J'ai froid de partout. On me palpe. Une exclamation. « Merde ! Tu sais qui c'est ce type, Lucien ? Le commissaire San-Antonio ! » Et l'autre, avec une voix enrouée : « Sa gueule me disait quelque chose ».

Je perçois le grésillement d'un émetteur de radio sous tension. J'ai déjà pigé qu'il s'agit de motards. « Lucien » utilise l'appareil pour signaler l'attentat et réclamer deux ambulances d'urgence. Il précise qu'il y a un mort et un blessé grave. Sans mentionner mon identité. On est discret dans la Rousse. Je voudrais me manifester, mais ne le puis. Je n'ai même pas la force de soulever les volets de mes lucarnes. Encore moins celle d'émettre un son. Juste, je perçois les sons et je pense. Et parce que je pense, je me propose un diagnostic affreux concernant mon état. L'une des bastos n'aurait-elle pas touché ma moelle pépinière, comme dit Béru ? Et voilà que je suis devenu kif un pot de réséda. Pétrifié à jamais. On m'alimentera par perfusion et on m'enlèvera ma merde à la spatule. Félicie me lira les *Contes de ma mère l'Oye*. Je n'aurai même plus l'autonomie nécessaire pour me tuer ! Je serai un grand quartier de barbaque en train de gésir sur un matelas spécial.

Mais déjà, un formidable appétit de vivre me galvanise. Je tente de me réconforter. Non je ne suis pas paralysé : j'ai pu bouger puisque j'ai vu la jolie Mira en compote. Donc, je suis parvenu à m'extraire partiellement de ma niche. Retour du pessimisme : oui, mais n'est-ce pas précisément en produisant cet effort que je me suis fait claquer le centre nerveux ? Je m'efforce à la résignation. On est sur terre pour tout accepter, Antoine, y compris l'inacceptable.

— Il a l'air mal en point, non ? émet le coéquipier de Lulu-le-motard.

— Son cœur bat, objecte ce dernier.

Il a dû me palper pour vérifier le fait, mais je n'ai rien senti.

Alors, je me mets à gamberger différemment. Je me dis : « Tu rêves cette scène, Antoine. En réalité, tu es toujours sous le tableau de bord. Ton esprit ardent a tissé une suite logique, mais rien n'a eu lieu depuis la salve. C'est pas le routier anglais qui récite du Shakespeare, pas les motards français qui se penchent sur moi. Je fabule ! J'écris la suite à mon histoire avant que de la vivre. »

Et pourtant, je perçois un grouillement de bagnoles, des jactances, des appels, des ordres. On m'empare, m'emporte. Si au moins je pouvais perdre conscience, glisser au fin fond du schwartz pour m'y refaire un tonus ! Mais ouichtre, comme disent les Auverpiots. Je continue d'enregistrer des allées et venues, des paroles qui toutes me concernent, mais de loin, de très loin.

Je voudrais pouvoir regarder les choses et les gens. Juste les regarder afin de renouer le contact avec eux. Je produis un effort surhumain. Je reste obstinément dans le noir. En exerçant à bloc mon énergie, je parviens cependant à capter une forme floue, indécise, qu'il me faut beaucoup d'obstination pour identifier : Bruno Malvut ! Encore lui. Dans un halo bleuté comme sa peau d'enfant maladif. Ses étranges lunettes, si incommodantes, qui disloquent son regard en obstruant l'un de ses lampions.

Il s'approche de moi, incline sa frite de belette malade. Il ne parle pas, mais pourtant me transmet un message par télépathie : « Tu ne peux pas comprendre ». Le verre opaque s'élargit, s'élargit, bouffe complètement son visage, puis sa tête. Il a une espèce de lune blanche sur les épaules en guise de tronche. Alors il tourne les talons et s'enfonce dans les ténèbres les plus épaisses que j'ai jamais « vues » !

Et quand elle se sont complètement refermées sur lui, une aube apparaît, comme dans les dessins animés. Un point blanc, puis jaune, puis qui rougit en s'élargissant. La nature redevient ce qu'elle est. C'est l'hiver, y a de la grisaille ; l'herbe sur laquelle je suis étendu est froide. Les chiottes du parkinge fouettent la pisse comme celles d'une caserne zaïroise. J'aperçois le cul de ma Quattroporte, ses deux gros pots d'échappement chromés. Il y a deux motards, des infirmiers, un camionneur roux avec des yeux délavés et un cache-nez rouge vif. L'un des motards écrit en se servant du couvercle de ma malle arrière comme de bureau (faut pas se gêner !), l'autre jacte, plus loin, dans sa radio graillonnante.

— Lequel est Lucien ? lancé-je en me mettant sur mon séant.

Oh ! le sursaut de celui qui raye ma carrosserie avec sa pointe Bic ! Il laisse quimper son carbone, pour le coup. Me défrime comme si j'étais Dracula en slip de bain.

Bibi, je me dresse. Un genou raidard, biscotte l'humidité.

— Mais vous n'êtes donc pas mort ! s'écrie le pandore-écrivassier.

— Pas que je sache, réponds-je.

— Mais l'infirmier vous a ausculté avec son stéréoscope et a déclaré que vore cœur ne battait plus !

— Il l'aura appuyé contre mon portefeuille, supposé-je.

L'autre ne s'avoue pas vaincu :

— J'ai déjà mentionné votre décès sur mon constat ! proteste-t-il.

— Il semble que vous dussiez le recommencer, émets-je, je vous prie de m'excuser.

Il branle le chef.

— Lucien ! il hèle.

Le pandore-jacteur se retourne, m'avise à la verticale et réussit un « double-look » de cinéma comique extrêmement réussi.

— Ça, alors ! bée-t-il.

Puis, dans son micro bourré de friture en ébullition :

— Au temps pour moi, mon capitaine : le commissaire San-Antonio semblerait ne pas être décédé, contrairement à ce que l'infirmier Bubon Martial a prétendu, ce con !

L'infirmier incriminé, quant à lui, vient d'avoir un malaise et il est assis dans l'herbe, les jambes en « V » majuscule, l'air désenchanté du gars qui vient d'allumer son cigare avec son billet gagnant du loto. Son coéquipier lui fait respirer de l'oxygène et lui propose une piquouze de solucamphre. Mais ce fâcheux qui me fait une réputation de trépassé, dénègue en laissant une morve de cinquante centimètres s'épancher de ses naseaux. Dans les grands moments de stupeur, le respect humain te lâche, de même que tes sphincters.

— L'était clamsé, chuchote-t-il. Mort en plein ; zingué complet ! Plus le moindre pouls ! Son jeu était étalé sur la table ! (L'infirmier Bubon Martial est bridgeur.) L'œil atone ! Le teint cireux. Les lèvres blanches. Un début de nécrose, même, je crois bien ! C'est pas lui, impossible !

Je m'approche de sa pomme. Il a un sursaut d'effroi.

— Vous êtes mort ! m'aboie-t-il contre.

— Moi, mort ? Jamais ! avec mon Damart thermolactyl ! rigolé-je. Vous déconnez, mon vieux. Votre stéthoscope, vous l'avez prélevé dans la panoplie d'infirmière que votre gamine a reçue pour Noël !

Là-dessus je moule cette équipe de zozos pour aller interviewer le routier anglais, lequel a pris le parti de se confectionner un thé sur son réchaud-camping. Bien que j'aie entendu sa déclaration dans mon coma de naguère, j'éprouve le besoin de le questionner. Ça l'incite, que je lui cause en rosbif.

— Vous avez dit qu'une voiture blanche a démarré en trombe ; vous pourriez préciser la marque de cette auto ?

— Facile, à cause des cercles peints sur la carrosserie : une Audi Quattro.

— Combien de passagers à bord ?

— Deux.

— Deux hommes ?

— Oui : un jeune et un vieux. Le vieux tenait le volant et conduisait comme un con (en français dans le texte). Ils ont fait une telle embardée qu'ils ont failli emplâtrer la cabine téléphonique. A son démarrage, l'Audi a dû laisser deux centimètres de gomme sur l'asphalte.

— Vous pourriez préciser un point quelconque à propos de ces types ?

Il réfléchit.

— Écoutez, je dormais dans ma couchette. Je suis réveillé par un tir nourri. Le temps de réaliser qu'il ne s'agissait pas de bruits d'échappement, que je me dresse sur un coude, que j'écarte mon petit rideau, cette putain de bagnole faisait déjà son rodéo. Tout ce que je crois pouvoir vous dire c'est que le jeune était petit et qu'il avait les cheveux bruns. Je dis qu'il était petit car sa tête ne dépassait pas tellement du dossier.

Je le remercie.

L'un des motards est accroupi et recueille les douilles vides dispersées sur le macadam. Les infirmiers embarquent la carcasse perforée de cette pauvre Mira qui fut si mal inspirée en me préférant au tocasson qui souhaitait la charger.

Et puis voilà déjà des renforts. Et bientôt des journalistes. Ma Maserati est un brun saccagée de l'intérieur : le tableau de bord en loupe d'orme éclaté ! La portière du côté passager trouée en maints endroits ! Et le beau cuir fauve des sièges haché par les balles ravageuses du tireur.

Avisant un banc de ciment à quelques encablures, je vais y déposer mes kilogrammes de cul musclé. Une brusque fatigue m'empare. J'ai les cannes à claire-voie ; mais c'est surtout dans mon caberluche qu'il y a du fading. Je ressens une bizarre sensation de vide cosmique. L'image du môme Bruno me taraude la pensarde. Je revois sa silhouette floue dans mon pare-brise, son geste pour me désigner le rétroviseur dans lequel j'ai aperçu la mitraillette pointée sur mon dos. Et puis plus tard, alors que je me croyais paralysé complet, le gamin s'est de nouveau pointé pour me dire que je ne pouvais pas comprendre. L'infirmier Bubon Martial m'avait déclaré viande froide. Et bibi, entièrement récupéré, soudain se dresse tel Lazare dans sa gare ! Créant l'effarement des motards et des ambulanciers. C'est pas un peu sortilégique, tout ça ?

Ce petit con m'a crevé mon boudin, l'autre nuit, et maintenant il joue les anges gardiens (de but). J'aimerais bien piger ; du moins me proposer une interprétation valable.

— Vous êtes blessé, monsieur le commissaire ?

C'est un photographe de presse, avec un blouson de cuir râpé et un gros bonnet de laine duquel dépassent des favoris épais comme la toison pectorale de Demis Roussos.

Je me palpe la tête, le cou...

— Non, je ne pense pas.

— Pourtant vous êtes couvert de sang.

— Ce n'est pas le mien, probablement celui de la jeune fille qui...

— *Mais c'est dans le dos surtout que vous en avez !*

C'EST UN GROUPE SCOLAIRE RÉCENT...

C'est un groupe scolaire récent : vitres et plaques préfabriquées en fibrociment. Il y fait froid l'hiver et l'on y crève de chaud l'été, qu'heureusement y a les grandes vacances. Une cour joyeuse comme un champ de tir l'isole de la rue. On aperçoit un panier de basket dans le fond, près des vouatères, un seul, pour dire de s'entraîner à mettre la main au panier ; mais il n'intéresse personne, sinon quelques piafs qui l'utilisent comme perchoir pendant les heures de classe.

De nombreux graffiti tracés au stabiloboss sur les murs nous apprennent que Geneviève Maudru est une pute ; que Mathieu Durand encule Fernand Pelotte ; que Balonguet, le prof de maths, est communisse ; que Martin Floquet a une pine d'âne et que la prof d'histoire-géo montre sa culotte pendant ses cours ; toutes indications bonnes à connaître quand on fonctionne pour plusieurs années dans une communauté laïque où fermentent des passions, des instincts, voire des vices.

Une espèce de sirène caverneuse retentit, qui fait songer au meuglement exténué d'une vache achevant de mettre bas. Peu ensuite, les portes des classes s'ouvrent et des hordes sauvages, en comparaison desquelles celles d'Attila n'étaient que défilés de majorettes, se ruent vers la liberté. Dans le flot, je parviens à distinguer Toinet qui n'est pas le moins pressé. L'intercepte. Il se calme les ardeurs en m'apercevant.

— Ah ! t'es là, l'grand ? C'est gentil d'venir me chercher.

Son ton de regret dément l'affirmation. M'est avis qu'il devait avoir des projets d'avant rentrée, le bougre. Une copine à caresser, des pétards ou des Mars à acheter avec des potes.

Je le rassure d'emblée :

— Je ne viens pas te ramasser, l'artiste ; j'aimerais simplement discuter le bout de gras avec ton copain Bruno.

— Alors faut que tu vas attendre un peu, grand, il est toujours le dernier sorti parce qu'il fait chier le prof av'c des questions d'en supplément au cours. Le côté : « Est-ce que j'ai-t-il bien compris l'énoncé du théorème, m'sieur ? » ou « La compofranc, c'est bien pour lundi prochain ? ». Des trucs que tout le monde a pigés, lui l'premier, mais faut qu'il lèche à mort, histoire d'se faire bien voir.

— Où est ta classe ?

— L'avant-dernière à droite. Tu lui veux quoi à Bruno ?

Je m'éloigne sans lui répondre et m'avance à contre-courant vers le bâtiment scolaire.

Effectivement, le rat-mulot aux lunettes désaccordées parle à un jeune barbu châtain qui ressemblerait à un écureuil s'il avait la queue en panache. Le professeur range son fourbi en l'écoutant. Moi j'attends poliment sur le pas de la porte. Le môme Bruno n'est pas en train de poser des questions mais, au contraire, il déclare au professeur de français que quelqu'un qu'il n'a pas vu depuis des années : un parent ou un ami, l'attend en bas de chez lui, près du canal. Le maître sourcille, mais ne paraît pas surpris de cette affirmation. A croire qu'il est habitué aux « voyances » de son élève. Il m'avise et me lance :

— Vous désirez me parler, monsieur ?

— C'est à Bruno Malvut que j'en ai, réponds-je, mais puisque j'ai le plaisir de vous rencontrer... je suis le père adoptif d'Antoine.

Pour lors, le mec, c'est pas la joie rayonnante que je lis sur sa frite. M'est avis que Toinet doit foutre une merde noire dans sa classe. Ses bulletins scolaires ressemblent d'ailleurs à des murs de chiottes.

Je prie Bruno de m'attendre dehors un instant et je rejoins le semi-rouquin à sa chaire. On s'en presse cinq sans chaleur excessive. Les parents de garnements ne sont jamais persona grata auprès des enseignants, comme s'ils étaient chargés des malfaisances de leurs rejetons.

— Je sais, fais-je, Antoine est un fléau, un demi-cancre qui pourrait être un élève doué s'il le voulait, mais qui pense trop à faire le pitre pour obtenir un rendement valable dans les études, aussi n'aurai-je pas l'outrecuidance de vous interroger à son sujet. J'aimerais plutôt avoir votre opinion à propos de Bruno Malvut ; non pas au plan scolaire, mais à propos de ses « prédictions ».

Le jeune professeur se trouble, rougit, ce qui ajoute du flamboiement à sa barbe.

— Mais je...

— Écoutez, coupé-je, je viens de l'entendre vous annoncer une visite imprévue. Or vous ne paraissiez pas surpris le moins du monde par cette prédiction à court terme, d'où je conclus que vous avez l'habitude de le voir exercer ce don de double vue.

Je lui propose ma carte professionnelle que m'a si scrupuleusement rapportée le clodo (dont j'ignore le nom d'aujourd'hui).

— Ce gamin « nous » intéresse, déclaré-je.

Il jette un regard à ma brème et sourit.

— Oh ! je sais qui vous êtes, affirme-t-il, Antoine passe son temps à célébrer vos prouesses et à se déclarer votre émule.

Cher môme ! J'en suis attendri.

Le prof hoche la tête.

— A vrai dire, le petit Malvut est déconcertant, poursuit le prof. Très déconcertant. Parfois, il vous annonce des faits pourtant imprévisibles et qui s'avèrent exacts. Il arrive qu'il se trompe, mais c'est assez rare. Personnellement, je suis agnostique et peu porté sur l'occultisme et autres foutaises du genre, néanmoins, je dois reconnaître à cet enfant un certain don de... disons prémonition. Mes collègues et moi l'avons surnommé entre nous « Nostradamus ».

— Je vous remercie, dis-je. Il est bon élève ?

Le professeur a un sourire torve de barbu ; toujours quand un barbu sourit, t'as l'impression d'un trou du cul, remarque bien !

— Meilleur que votre Antoine, mais un peu trop dolent. Il manque de mordant. A le regarder vivre, on a l'impression que son esprit est sans cesse ailleurs. Pendant que je vous tiens, commissaire, il faut que je vous dise de calmer votre fils. Il est au bord du renvoi. L'autre jour, il a failli violer l'une de ses condisciples pendant la récréation. Il l'avait entraînée dans le laboratoire de langues, pourtant fermé à clé, et voulait absolument la déculotter. D'ailleurs vous avez lu la lettre du surgé à ce propos puisque vous l'avez retournée signée.

— En effet, mens-je précipitamment, car ce bougre d'Antoine de mes deux a dû signer lui-même le document en mes lieu et place, tu parles ! Il a eu droit à une correction qui, je l'espère, portera ses fruits, ajouté-je.

Voilà l'autre pomme à l'eau qui fait la moue.

— Je ne crois guère aux châtiments corporels, monsieur le commissaire. Ce sont là des méthodes qui...

— Qui ont fait leurs preuves, coupé-je. C'est parfois à coups de pompe dans le train qu'on fait avancer l'humanité, mon cher ami. Si l'on donnait des sucres au lieu de coups de cravache aux chevaux de course au moment de l'effort final, ils ne gagneraient jamais.

Je l'abandonne à ses réprobations pour rejoindre le dénommé Malvut Bruno, qui m'attend, soucieux.

— Je vais être en retard, me dit-il. Maman va se faire du souci.

— Tu seras en avance puisque je te reconduirai chez toi en bagnole.

J'ajoute, en le défrimant du coin de l'œil :

— J'ai fait réparer le pneu que tu m'as crevé.

Le môme fait deux pas en avant et se campe devant moi, hardi, presque mauvais.

— Je ne vous ai pas crevé de pneu ! déclare-t-il sèchement.

— Quelqu'un t'a vu faire.

— Il s'est trompé ou vous a menti !

Son unique œil visible ressemble à la pointe d'une fléchette, deux vilains plis amers emprisonnent sa bouche comme des parenthèses ; il paraît vieux, soudain, ou plutôt intemporel. Il n'a plus d'âge, Bruno Malvut ; plus d'identité terrestre. C'est une espèce d'esprit matérialisé. A moins que je ne me raconte des berlues à son propos ? Du train où vont les choses de la suggestion, toutes les déviations sont envisageables.

— Admettons, rompé-je.

— Y a pas à « admettre », c'est la vérité ! insiste avec force le gamin.

— O.K.

Nous avançons en direction de ma Maserati meurtrie par l'attaque de naguère, que Toinet fait admirer à ses potes.

— Glande pas, mec, lui di-je sèchement. Je te conseille de rentrer d'urgence au foyer, on bavardera de l'affaire du labo de langues et de cette lettre du surgé que j'ai signée par personne interposée.

Il vire écrevisse bien cuite, se casse en souplesse.

— Monte ! enjoins-je à Bruno.

Mais le mouflet n'a pas l'habitude des carrosses haut de gamme. Il bataille avec le poussoir d'ouverture et je suis obligé de lui venir en aide.

Lorsque nous sommes assis côte à côte et qu'on se met à rouler dans notre grande banlieue grise, qui se veut cossue mais se laisse gagner par les initiatives populacières des promos, une détente s'opère.

— Chouette caisse, fait le gamin impressionné. Vous pensez que je serais capable de percer les pneus d'une tire pareille ! D'abord, c'est un vieux qui vous a fait ce coup-là, l'autre soir, en bas de chez nous. Un vieux en guenilles qui dort près de chez nous.

— Tu l'as vu ?

Il marque un temps, baisse la voix et répond très vite :

— A ma façon.

— T'en « vois », des choses ! soupiré-je.

— C'est pas ma faute.

La phrase me remue. Il y a comme de la tristesse dans cet aveu. A croire que, quelque part, il se sent victime de son « don », le pauvre môme. Un don que ses camarades et ses profs connaissent bien mais dont, par un accord tacite, personne ne parle. On fait semblant de le considérer comme une sorte de gadget. Il annonce des choses qu'on accueille avec une désinvolture apparente mais auxquelles on croit en secret. Comme dans certaines campagnes reculées on croit encore aux jeteurs de sort en faisant mine de les prendre pour des zozos.

— Tu es au courant de ce qui m'est arrivé, Bruno ? questionné-je très vite, sans le regarder.

Au lieu de répondre, il déclare :

— Faites gaffe, il va y avoir une ambulance rouge qui va déboucher à plein tube, malgré le feu rouge, au carrefour prochain.

Je ralentis. L'avenue est peu encombrée. Les arbres dénudés brandissent leurs poings dans l'air cotonneux du crépuscule. Juste que j'atteins le carrefour dont les feux sont au vert pour moi, effectivement, une bagnole de pompier, rouge, déboule, sirène hurlante. Ce n'est pas une ambulance, plutôt un véhicule destiné aux sinistres modestes, tels que les feux de cheminée, les asphyxies au gaz ou les noyades. Je pile pour la laisser foncer en me demandant si, au moment de la prédiction de Bruno, la sirène de l'engin était déjà perceptible. Mon cartésianisme qui regimbe, tu comprends ? Ce phénomène, son papa excepté, tous les proches de Bruno le connaissent. On tente d'expliciter l'incompréhensible. Alors on s'accroche aux branches de la réalité.

— Tu n'as pas répondu à ma question, fiston : es-tu au courant de la cruelle mésaventure qui m'est arrivée ?

— Vaguement.

— C'est-à-dire ?

— Comme si que j'aurais rêvé.

— Rêvé quoi ?

— Qu'on cherchait à vous descendre dans cette tire.

— Raconte.

— Y a rien à raconter, c'est des impressions.

— Alors, parle-moi de ces impressions.

— Je voyais un mec s'approcher de vous avec une mitraillette tandis que vous alliez vous farcir une gonzesse.

— Et ensuite ?

— Vous plongiez sous le tableau de bord, mais vous preniez une balle en dessous de l'oreille droite et deux dans le haut du dos.

— Et elles me tuaient ?

Il renfrogne ; sur des charbons ardents, le biquet, pas heureux de cet interrogatoire qui semble lui coûter, arracher de son être d'étranges fibres sensibles.

— Je ne sais pas si elles vous tuaient, mais vous étiez naze apparemment.

— Alors ?

— Je me rebiffais, je ne voulais pas que vous seriez mort.

— Pourquoi ?

— Parce que vous êtes sympa et que vous allez avoir des choses importantes à faire plus tard, et aussi pour vot'maman si gentille que je connais bien puisqu'elle vient souvent ramasser Toinet à la sortie.

— Tu as fait quoi ?

— Rien. Simplement, j'ai pas voulu.

Je baisse ma tête sur le volant.

— Tu aperçois une plaie quelconque sous mon oreille, môme ?

— Non, m'sieur.

— Pourtant, après l'attentat, mon veston était plein de sang !

— Celui de votre copine ? émet le « devin » en jean.

— J'ai porté mon veston au laboratoire de police pour une analyse expresse : *il s'agissait bien de mon sang, petit mec.*

— Ah bon ?

— Je suis A B négatif, un groupe très rare ; la fille qui m'accompagnait était A positif, ce qui revient à dire que mon veston se trouvait rougi par un sang que je n'ai logiquement pas pu verser puisque je ne portais aucune égratignure ! Tu aimes les mystères ?

— Non.

— Moi non plus. Dommage, hein, car celui-ci est de toute beauté ! Tu échafaudes une solution quelconque à un tel prodige ?

— Non.

— Puisqu'on parle à cœur ouvert, je dois te dire que j'ai eu, à la suite de l'attentat, l'impression d'être totalement paralysé et que les brancardiers m'ont déclaré mort. Et puis, au fond de mes ténèbres, je t'ai vu t'approcher de moi. Et alors je me suis retrouvé frais comme un gardon. Le miracle ! Ça te dit quelque chose, petit ?

— Non, rien.

— Tu n'as aucun souvenir plus ou moins flou de toi te penchant sur ma carcasse ?

— Je ne crois pas.

— Tu penses sérieusement que tu possèdes un don, Bruno ?

— J'en ai peur.

Et ça, sûr et certain qu'il ne ment pas. Il est comme entraîné par une force étrange qu'il subit sans parvenir à la contrôler. Je me mets à éprouver pour cet être malingre une foule de sentiments confus : pitié, reconnaissance, intérêt...

Nous sommes parvenus devant chez lui.

— Tu m'as peut-être ramené d'entre les morts, Bruno, balbutié-je.

Tu sais quoi ?

— Faut pas charrier ! il me répond.

On se serre la paluche et il descend.

Avant de reclaquer ma lourde (très lourde), il demande :

— Vous allez pouvoir faire changer le cuir des banquettes et réparer le tableau de bord ?

— Tu parles ! je suis assuré tous risques.

— Ah bon.

Il ajoute :

— Faudra faire contrôler la boîte de vitesses, y a une balle dedans qui risque de foutre la merde d'un moment à l'autre.

C'est vrai que ça grince, quand j'enclenche la cinquième.

ET MOI,
SOMBRE CONNARD...

Et moi, sombre connard, qu'à peine il a engouffré son immeuble, je me dis que ça n'est pas somptueux, ma tête ! J'ai oublié de lui parler de la Maryse Turpousse, au gamin. Pourtant c'était capital, non ? J'étais venu pour ça, surtout. L'envie me biche de me rendre à son domicile cafardeux, mais l'idée de tomber sur son jobastre de père me fait changer d'avis. Après tout, je sais où le pêcher, Bruno. Et comme je préfère m'entretenir seul à seul avec lui, je peux remettre cette converse-là à une date intra-utérine (comme dit Béru).

Là-dessus, je regagne notre pavillon, tout mignard au milieu des immeubles qui le cernent. Y a pas si loin, on n'avait que d'autres maisonnettes semblables à la nôtre autour de nous, de la meulière en quantité, du jardinet à tonnelle, des villas « Myosotis », « Sam' Suffit », « Mon Repos », « Port d'Attache » et autres, habitées par des rentiers paisibles, des cadres inférieurs, des veuvasses convenablement pensionnées. Et puis ce gentil monde est parti ou défunté et l'ogre immobilier s'est jeté sur le quartier, avec les grands deuils de ses bulldozers, ses grues géantes, ses incessants charrois de matériaux de construction. Ils nous ont bouffé la banlieue, bouffé le ciel mélanco de l'Ile-de-France, mis des ombres à plein temps. On est devenus des espèces de Robinson, m'man et moi, paumés dans une mer de

« résidences » à quatre ou cinq étages, marmoréennes bidon, pacotille de « grand standinge ». Des maisons clapières, quoi ! Avec d'étranges jeannot lapins aux fenêtres, pour nous mater les faits et gestes.

On a eu envie de partir. On aurait pu vendre nos douze-cents mètres carrés un bon prix et se tailler vers des contrées encore possibles. On a bien réfléchi, Félicie et moi, pesé le pour et surtout le contre son corollaire. On s'est rendu compte que pour en trouver, des coins « possibles », faut pas craindre d'aller à dache, y a plus que dans les Auvergnes, les Alpages, les fonds du Périgord que t'en trouves encore, et même, tu restes à la merci d'un barrage, d'une centrale nucléaire ou d'une autoroute dont la construction est décidée à ton insu. Avec mon boulot, je dois crécher dans les environs de Pantruche, c'est obligé.

On s'est dit que, tout compte fait, mieux valait oublier les grandes masures environnantes pour se pelotonner dans notre tanière. Depuis le temps qu'on l'habite, elle s'est faite à nous et nous à elle. C'est une robe de chambre, ce pavillon. On est bien dedans.

Bon, la Maserati devant cette bicoque, elle fait un peu anachronique, je conviens ; prétentiarde sur les bords. Mais je m'en bats l'œil. C'est pas pour frimer que je me suis offert cette tire mais par amour des caisses surchoix.

Je remonte l'allée cavalière du jardinet. Des piafs qui se goinfraient des bonnes choses entreposées par m'man à leur intention dans une cagette de bois blanc, s'envolent à mon approche. Le gros greffier noir et blanc qui les guignait depuis le mur en est tout marri et me file un coup de saveur pas content.

Deux enjambées pour escalader notre perron à unique révolution. La porte s'ouvre sur Maria, tout sourire, fardée à mort.

— Zé vous a vou arrivate ! elle explique.

De la trouver sur le pied de guerre me donne à penser

qu'elle est seule et compte fermement que nous profitions de l'aubaine.

— Ma mère n'est pas là ?

— Les Bérurier l'ont téléphono per démander si elle pouvate aller chercher Apollone-Zoule, l'a pris oune taxi et Toinet l'est partite avec.

Ils me plument, les pachydermes. Non seulement ils cloquent leur chiare à Féloche pour des séjours inopinés et sans durée préétablie, mais maintenant faut que ce soit ma vieille qui aille chercher ce fils des gorets à domicile ! Alors là, ils balancent le bouchon à des distances vertigineuses !

Maria a passé sa robe noire qui me porte aux sens et ceint son tablier empesé de soubrette. Je sais qu'elle est nue en dessous. Elle connaît mes fantasmes, la mère ! Tu la verrais trémousser du fion, la *señorita* ! Un mobile de Calder !

Bon, mec, pas fainéant du braque, je lui biche la taille. J'ai misé juste : pas la moindre pelure sous l'étoffe, pas le plus petit élastique de slip ! C'est tout bon. Y a un truc qu'on trouve assez plaisant pour nos ébats, c'est la grosse table de cuisine. La troussée soudarde, je raffole depuis ce jour où j'avais tromboné une gentille mercière dont l'époux était de repos dans leur logement du dessus. Elle ne portait qu'une blouse blanche sur ses formes plantureuses et fermes. Une merveille ! Je l'avais ajustée silencieusement et, tandis qu'on limait comme des braves, une petite fille était venue acheter une gomme (ma partenaire faisait également papeterie). La brave commerçante avait dit à la môme éberluée de repasser un peu plus tard. Un chouette souvenir.

Maria, je la pousse vers l'office, qu'elle remplisse un peu le sien. Ah ! dis donc, elle ne se le fait pas répéter deux fois. La voilà qui se trousse en marchant. Côté de la botte de persil, c'est luxuriant chez mon ancillaire. Elle foisonne de la touffe, l'Ibérique. Faut lui faire la raie au milieu pour se frayer le passage. Bon, la voilà en batterie, les avant-bras sous la pliure des genoux, parée pour l'embroquage express. Dans le fond, ça me peine un peu, cette précipitation. Y a que les servantes qu'on carambole en catastrophe, sans préalable ni taquineries émoustilleuses.

De quel droit on les bâcle, ces mignonnes. Pourquoi réservons-nous nos prouesses aux pimbêches maniérées ? Le remords m'incite à la charité. Bon prince, au lieu de mettre flamberge au ventre, je m'agenouille pour lui pratiquer une tyrolienne de broussailles à déplacement giratoire. Je la jodle en opérant de nombreux changements de registre, passant de la voix de poitrine à la voix de tête de (nœud) et vice versa. Dès lors, elle sait plus bien ce qui lui arrive, Maria. Une telle félicité, c'est pas dans son bled andalou qu'elle a pu en entendre causer.

Là-bas, ils font des « Olé ! Olé » tant que tu voudras, mais la minette modulée, connaît pas ! C'est pas homologué sur les tablettes. Et même ce serait mal vu, malgré le socialisme.

La voilà qui se met à roucouler, puis à glouglouter avant de glapir pour tout de bon.

Depuis mon poste d'embuscade, je vous surgir Pinuche par-dessus le pubis échevelé de ma boniche.

Saboulé prince-de-galles gris foncé, avec lardeuss en vigogne, siouplaît, cravate tricotée noire sur une chemise blanche amidonnée comme un slip de collégien. Sa copine Adeline l'accompagne, dans un manteau bricolé par les prestigieux ateliers de la Maison Dior.

Homme d'expérience rompu aux choses de la vie, Pinuche me fait signe de ne pas interrompre ma royale performance.

Sa venue, ainsi que celle de son égérie, n'a pas troublé Maria qui, complètement envapée, pousse des glapissements, les yeux fermés, le bassin soubresautant. Moi, charitable avant tout, je continue de lui minoucher la case trésor en débridant toute la partie inervée de ma menteuse. Tu croirais un solo de balalaïka dans la période intense.

Que la porte est poussée une fois de plus et qu'entre le beau Jérémie, en pantalon chocolat, tee-shirt bleu, blouson d'aviateur. Lui aussi se fige. Va pour dire, mais Pinaud le réfrène d'un index judicieusement perpendiculé devant sa bouche jaunie par la nicotine.

J'ai le sentiment gênant d'être M. Ambroise Paré expliquant la ligature des artères à ses élèves. Je n'ai rien d'un exhibitionniste, tu le sais, aussi fais-je contre mauvaise fortune bonne minette à cette charmante soubrette qui, moyennant un salaire convenable certes, mais néanmoins modeste, trouve le moyen de faire l'amour en supplément du ménage. Gloire à cette humble, à cette sans-grade, qui met ses fesses et ses bras au service d'un patron dévergondé. Le Seigneur puisse-t-Il la protéger, cette belle âme velue ! Combler de grâces infinies ce cœur simple et pur et préparer une vie éternelle à chier partout à cette vaillante fille d'Espagne. Amen.

Comme elle tortille et hurle carrément, la môme Adeline ne se sent plus et, parant au plus pressé, palpe l'entresol Renaissance de M. Blanc où s'avance un balcon qui n'était pas là deux minutes plus tôt.

Jérémie, tu penses, sa génératrice est sur le point de sauter. Il ouvre large la porte à l'alezan fougueux. Adeline, devant cette superbe manifestation de l'étalon tombe comme moi à genoux afin de mettre en marche la pompe d'éviction.

Pinuche, attendri, bénit les foules en rut. A son âge, même si votre ticket est encore valable, il n'est pas désagréable d'en prendre un supplémentaire.

Je monte la fréquence. Maria perd tout contrôle et crie en espago, plus fort qu'à la corrida, kif lorsque le torero embroche son bestiau d'un seul coup d'un seul.

Elle est arrivée au terminus de l'extase, là que la dure réalité te réempare. Une clarté trop intense rejoint les ténèbres.

Après l'éblouissement, le schwartz ! Elle demeure un moment inerte, juste ses roploplos qui se soulèvent. Puis elle ouvre les châsses et aperçoit, à la renverse, l'honorable société qui l'entoure.

Les Espingotes, tu les sais ? Ardentes mais pudiques. Voire pudibondes ! Elle pousse un grand cri de mouette chahutée par le vent du large, bondit de la table et se sauve, bousculant M. Blanc pile qu'il partait à dame, le chéri. Adeline paume la cargaison qu'elle se promettait tant de plaisir.

Je vais à l'évier me refaire un palais convenable. N'ensuite de quoi, je salue mes visiteurs. Qu'entrez donc, vous allez bien prendre quelque chose ? Maria, affolée d'avoir montré son moule à gaufre à l'assistance reste barricadée sur ses terres et c'est bibi qui dois aller à la cave (une fois de plus), chercher du vin blanc digne du palais pinulcien, ainsi qu'un porto de cinquante ans d'âge pour sa belle, laquelle a la mâchoire un peu écarquillée par la féroce chibrance de Jérémie.

Les uns les autres, on oublie cette sotte période de débordement sexuel, tellement inopinée que personne n'a piné, d'ailleurs.

Je mets un peu de musique afin de détendre l'atmosphère. Ça joue justement la dernière chanson de Patricia Kass, une mouflette que je révère parce qu'elle possède plus de talent que tout ce qu'on a joué sur Europun depuis le début de la semaine dernière.

— Je viens d'apprendre que tu as été victime d'un attentat ? demande Pinaud en humant son Pouilly fumé.

— J'en ai été l'objet, non la victime, rectifié-je.

— Heureusement ! exclame Adeline. Un homme qui broute aussi formidablement que vous, c'eût été une perte irréparable !

César sourit.

— Écoute-la ! Ah ! ta prestation n'est pas tombée dans l'oreille d'une sourde !

Il nous sermonne d'un index indulgent, elle et moi :

— Je sais bien qu'Adeline n'aura de cesse que tu lui

eusses accordé cette petite faveur, Antoine. Note que, sans vouloir me vanter, la minette est un exercice auquel j'ai toujours excellé ; mais, hélas, je deviens moins performant depuis que je suis trahi par mon asthme, car elle nécessite une grande autonomie respiratoire. Je suis convaincu que des hommes rompus à la plongée sous-marine, tel le commandant Cousteau, devaient accomplir des prouesses en la matière. C'est d'autant plus probant, pour l'excellent commandant Cousteau, qu'il dispose d'un long nez, lequel peut jouer un rôle d'appoint intéressant, en l'occurrence.

Il se tait pour boire.

Moi, pendant sa déconne, j'ai gambergé, selon ma belle habitude.

— Voyez-vous, dis-je, dans cette affaire, tout est inversé. L'homme dont je pensais qu'il me mentait disait vrai et celui que je croyais m'emmenait en bateau.

— De qui parles-tu, Antoine ? demande César en pourléchant sa moustache emperlée de vin blanc.

— De l'avocat marron et du clochard philosophe, mon biquet. Maître Krackzyblum (en définitive je lui restitue son blaze de départ, au diable les mauvais esprits !) m'annonce qu'on veut m'abattre. Ça me fait hausser les épaules mais, effectivement, on défouraille sur moi. Par contre, le bon clodo gentil et pittoresque qui m'a prévenu que le petit devin avait crevé mon boudin me berlurait. J'ai la conviction que le gosse n'était pour rien dans cette déprédation.

— Qu'est-ce qui te le donne à penser ?

— Une converse que je viens d'avoir avec le môme. Je commence à cerner un peu cet étrange petit bonhomme. Mais trêve d'appréciations, où en êtes-vous de vos activités, Blanc et toi ? Je supppose que c'est pour me fournir un rapport que vous êtes arrivés presque de conserve et inopinément ?

Les deux se considèrent mutuellement, avec sympathie. Contrairement au sieur Bérurier, Pinaud n'est point jaloux de l'affection que je porte à M. Blanc et ne fait montre d'aucun racisme primaire à son endroit (pas plus qu'à son envers). Il lui témoigne même une amitié de bel aloi et ne prend pas ombrage, bien au contraire, de la superbe pipe en écume de mer qu'Adeline lui a confectionnée dans la chaleur de l'instant, au débotté des passions.

— Veux-tu parler le premier, cher Jérémie ? s'enquiert la ci-devant Vieillasse avec force civilité.

— Je n'en ferai rien, à vous, monsieur Pinaud, retourne du même ton mon bronzé congénital.

— Fort bien, accepte César. De ma petite enquête, il appert...

— De burnes, placé-je, car tu connais mon incorrigibilité.

Le cher homme a la bonté de sourire d'une boutade qui ne ferait même pas marrer un garde champêtre, et poursuit :

— Il appert que la tante de Toinet, la femme Turpousse Maryse est à la colle avec un brocanteur du nom de Justin Verbois, lequel habite le même immeuble que les Malvut. Le bonhomme aurait connu des tracasseries judiciaires pour recel à différentes reprises de sa vie. Quand la Turpousse a eu purgé sa détention, c'est chez Verbois qu'elle a couru se réfugier, ce qui indiquerait qu'ils se connaissaient de longue date. J'ignore si elle entretient des relations avec Bruno Malvut ou ses parents, mais on peut le supposer. Voilà, c'est tout.

— Félicitations, Pinuche. Je vois que la fortune n'a pas émoussé tes proverbiales qualités d'enquêteur.

Il bat des ramasse-miettes afin de notifier sa modestie.

— Le métier c'est le métier, Antoine. Il en va des qualités professionnelles comme de l'amour : tu t'y montres brillant ou nul. Si mes étreintes de feu font crier Adeline de bonheur, c'est parce que le don de l'œuvre de chair m'a été accordé au berceau par des fées bienveillantes.

— Bienveillantes et salopes ! appuyé-je.

— Heureusement, se réjouit César. Bon, à toi, cher Jérémie, de nous livrer ta provende.

M. Blanc rêvassait, sa dextre négligemment passée dans le décolleté d'Adeline dont il titille les boutons moletés comme pour essayer de capter sur la modulation de fréquence un émetteur confidentiel.

— Moi, commence-son-récit-il, je me suis donc occupé de ton avocat de mauvais augure. Ce triste maître demeure boulevard Saint-Marcel, dans un vieil immeuble en piteux état. Son cabinet et son appartement s'y confondent, de même que sa concubine lui tient lieu de secrétaire, à moins que ce ne soit le contraire. Cette personne est une virago de la pire espèce qui n'ajoute rien à son standing.

« Assez jolie mais d'une vulgarité sédimentaire qui fait froid dans le dos d'un nègre. Elle ne peut prononcer une seule phrase sans y inclure une grossièreté ou un terme argotique de basse inspiration. Quand je me suis présenté à l'étude, elle était dans tous ses états et n'a fait aucune difficulté pour me donner la raison de sa surexcitation. Maître Krackzyblum venait de partir en voyage sans l'en avertir autrement que par un mot laconique laissé en évidence sur sa machine à écrire, et sans lui fournir la plus petite explication quant à sa destination ni à l'objet de son déplacement. Elle hurlait que ce rasta de merde la doublait, qu'il était toujours partant pour suivre le premier cul malodorant de passage, et autres choses qui eussent dû rester confidentielles mais qu'elle lançait à tous les échos.

« Lorsque la tempête s'est quelque peu calmée, j'ai tenté de lui tirer les vers du nez à propos de la visite qu'aurait rendue un malfrat à Krackzyblum récemment. Elle s'est marrée férocement en glapissant que si elle devait tenir un répertoire de tous les truands vrais ou faux qui défilaient dans cette officine, il lui faudrait un ordinateur. Après quoi, elle m'a demandé s'il était exact que les Noirs ont une grosse queue ; comprenant alors que les choses risquaient de dévier et peu soucieux de me laisser violer par une houri pareille, j'ai battu en retraite. »

Il passe sa belle langue violine sur la paire de charentaises pourpres qui lui tient lieu de lèvres et ajoute :

— C'est tout ce dont je dispose pour l'instant. J'ajouterai toutefois que maître Krackzyblum est parti en laissant sa voiture et qu'il a emporté un appareil enregistreur dont il se servait parfois pour préparer ses plaidoiries.

— Ce n'est pas si mal. As-tu relevé l'identité de la concubine-secrétaire ?

Si Jérémie était pigmenté différemment, il est probable qu'il rougirait. Là, il chocolate seulement.

— Je vais te faire un aveu, San-Antonio...

— Tu n'y as pas pensé ? lui allé-je au-devant.

— C'était une telle furie ! On ne demande pas son nom à un typhon !

— Et pourtant il en porte un, fais-je : ridicule la plupart du temps.

Qu'à propos de typhon, il s'en opère un dans mon modeste pavillon en cours de surpeuplance. Des portes claquent ! Des courants d'air intempestifs secouent les rideaux heureusement dépoussiérés par Félicie. Un pas précipité qu'accompagne un ronflement rauque, puis un flamboiement et voilà Mathias, le surrouquin campé dans l'encadrement de la lourde.

Rutilant de rouquinerie et de rage. Le regard fou, la bouche convulsée et marquée de bave mousseuse aux commissures. Tu sais qu'on ne se cause pratiquemet plus depuis qu'il a été nommé directeur du laboratoire (grâce à mon intervention) et qu'il s'est mis à me traiter dès lors comme étron de trottoir, m'interdisant désormais de le tutoyer et encore moins de l'appeler « le Rouquemoute ». Un pauvre et triste sire gonflé de vanité, comme tant d'autres ! Faits pour être d'admirables subalternes et qu'une promotion transforme illico en sales cons.

— Môssieur le directeur du laboratoire de police technique de mes couilles ! m'exclamé-je. Mais que nous vaut l'honneur de cette visite aussi auguste qu'improvisée et nauséabonde ?

— Nous irons sur le pré, monsieur le commissaire ! rétorque cette affreuse crème de gland.

— Sur le pré ! Monsieur le directeur voudrait se mettre au foute-balle ?

Il frappe du talon, comme jadis les tragédiens au moment de déballer leur tirade.

— Assez, monsieur ! Nous nous battrons en duel ! Et comme je suis l'offensé, je choisirai les armes. Vous sachant imbattable au revolver, je prendrai le sabre d'abordage ; ma rancœur et mon courage me permettront de pourfendre votre misérable faciès de séducteur au rabais ! Je ne vous tuerai point, monsieur le commissaire, du moins vous défigurerai-je afin de mettre fin aux immondes copulations qui vous font détruire des foyers, briser des amours et sortir d'honnêtes mères de famille du droit chemin !

L'effarement, tu sais ce que c'est ? Non ? Ben regarde ma frite ! Je tombe des nues. Et sur les fesses encore ! Je ne trouve rien à dire. Je mate Pinuche, tout aussi interloqué que moi ; Jérémie qui a mis ses trente-deux dominos pleins phares. Peut-être que je branle du chef ? Je branle du chef, hein ? J'en étais sûr !

— Je vous enverrai mes témoins ! annonce M. Van Gogh. Vous pouvez d'ores et déjà choisir les vôtres.

M. Blanc, nègre mais plus prompt à la récupération, demande :

— Vous pouvez nous dire ce qui motive votre colère, monsieur le directeur ?

Mathias écoute comme quand Von Karajan a remis sa baguette au fourreau et que les mélimélomanes sous le charme continuent de prêter l'oreille au silence qui suit Bach.

— Hmmm ? finit-il par nasiller.

— Vous nous devez une explication, je vous l'assure ! renforce mon *black* pote.

Alors le rouquin met la main à sa poche intérieure et en ressort une enveloppe. Il déclare :

— Le commissaire San-Antonio a remis son veston à mes services afin que nous analysions le sang qui le maculait. Pendant l'opération, une lettre est tombée du vêtement : celle-ci. Elle était adressée à Mme Charlotte Mathias, poste restante, bureau 494 (mon quartier). Je vous en donne lecture :

Lolotte, ma folie folle.

Il abaisse le poulet.

— Style de garçon coiffeur, commente-t-il, puis reprend :

Je vis encore sous le charme de notre dernière étreinte. Tu fus lascive au-delà de tout ! Perverse à m'en faire damner ! Je sens encore frétiller le bout agile de ta langue sous mes énormes testicules ! Comment, mon cher démon, as-tu pu les prendre entièrement dans ta bouche mutine ? L'un après l'autre, certes, mais si complètement ? Et comme tu m'emportais dans d'indicibles délices, ma sorcière fabuleuse quand, au plus fort de mes assauts, tu lacérais mon dos de tes ongles en criant : « Oh ! oui, fais-le-moi, mon dix-huitième enfant ! » je me suis abandonné dans un cri qui semblait être l'écho du tien, sublime salope. Je compte les heures qui me séparent de notre prochaine rencontre. Ton San-Antonio rien qu'à toi. Post-scriptum : Ah ! qu'il est doux d'encorner ton cocu incandescent ; comme cela ajoute à la volupté que de baiser la femme d'un aussi grotesque dindon.

Mathias laisse tomber son bras, accablé par cette relecture.

— Le bout de l'ignominie ! balbutie-t-il. Un ménage comme le mien. Dix-sept enfants dont ceux qui sont scolarisés sont les premiers de leurs classes. L'aîné bientôt vétérinaire. Une fille secrétaire au Front National ! Messe en famille chaque dimanche. Pour en arriver à cette honteuse faillite dégradante. Une épouse irréprochable qui, soudain, la quarantaine passée, se roule dans le stupre et la fange. Devient la truie lubrique d'un effroyable pourceau ! Ah ! que le Seigneur me rappelle à Lui lorsque j'aurai saccagé la gueule du bellâtre.

Des larmes dégoulinent sur son visage. La douleur d'un homme, même celle d'un sale con, reste émouvante.

— Mathias, fais-je, reviens deux minutes sur terre avec nous. Tu te rends bien compte que cette lettre est une farce !

Il bondit, s'arrête à quatre-vingt-six centimètres de moi, comprenant que s'il me touche, je le toucherai également et que ce sera au menton et qu'il faudra lui faire respirer beaucoup d'ammoniaque pour qu'il reprenne ses esprits.

— Taisez-vous, horreur vivante ! Ayez au moins le courage de votre vilenie. Vous ne vous en tirerez pas par le mensonge et la poudre aux yeux. Vos dénégations sont non seulement inutiles, mais scabreuses, car, à la lecture de cette lettre, Charlotte, ma chère épouse, s'est effondrée et m'a tout avoué !

Des frissons me plissent soleil autour du nombril ! Là, Sana, ton valeureux, Sana ta chère grande gueule, Sana le vaillant, trouve opportunément une chaise à laquelle confier son derrière anéanti.

— Elle a avoué quoi ? je susurre, comme le rossignol frileux à l'oreille de la fauvette blottie à son côté dans un buisson que dénuda l'hiver.

— Qu'elle est votre maîtresse, monsieur le commissaire.

Il se signe. En un exemplaire, mais bien.

Je dois compter mentalement et en chiffres romains jusqu'à douze avant de retrouver ma respiration.

La mégère de Mathias avouant qu'elle est ma maîtresse ! Mais dans quel cauchemar sans fond m'enfoncé-je ? Pince-moi ! Il faut que je me tire de cette infernalerie ! Ma raison va y sombrer.

— Écoute, Rouillé, finis-je par déclarer à voix de tribun. Écoute, Fleur de tournesol, je n'ai jamais couché avec ta femme, n'ai jamais envisagé de le faire, même dans mes cauchemars consécutifs à des beurrées cosaques, ne le ferai jamais et ce pour cent raisons au moins dont la principale est qu'elle me fout la gerbe. La pensée d'introduire mon membre dans l'ébréchure mal poilée qui lui tient lieu de sexe, me couvre d'eczéma, de bubons jaunâtres et d'urticaire purulent. Je n'ai jamais baisé cette machine à pondre, Rouquin. J'ai baisé ma bonne actuelle et celle qui promenait notre aspirateur en laisse avant elle ; j'ai baisé la petite manucure du salon qui me coiffe ; j'ai baisé dix femmes de notaire, six pharmaciennes, quatorze doctoresses, deux conductrices de tramway (en province), cinq contractuelles, vingt-quatre hôtesses de l'air, mille entraîneuses de nuit, une femme cocher (à Vienne, Autriche) ; notre ancienne bouchère, treize patronnes de bistrots, dix-huit tenancières d'auberges internationales, la cousine de la reine Fabiola (bien qu'elle lui ressemblât), cent onze secrétaires ou standardistes de maisons de commerce, trente-quatre comédiennes dont certaines très célèbres. J'ai baisé l'épouse d'un pasteur anglican, sa fille aînée, sa fille cadette, sa belle-sœur et la mère de celle-ci.

« J'ai baisé Sonia, Angélique, Hélène, Martine, Valérie, Sarah, Augusta, Marcelle, Marcelline, Barbara, Alberte, Gisèle, Myriam, Flavia, Hildegarde, Gertrude, Marie, Marie-Thérèse, Marie-Ange, Marie-George, Marie-Anne, Marianne, Judith, Marguerite, Maud, Mariette, Gilberte, Antonnella, Francine, Françoise, Antinéa, Aglaé, Josepha, Sidonie, Élisabeth, Marika, Nathalie, Philomène, Julie, Julia, Émilie, Frédérique, Jeannine, Elvire, Solange, Josette, Antoinette, Maryse, Adélaïde, Odette, Amélie, Rose, Jocelyne, Pierrette, Thérèse, Nicole, Noémie, Marthe, Williamine, Cynthia, Joan, Anne, Prune, Andrée, Emmanuelle, Violette, Marie-Laure, Georgette, Patricia, Maureen, Jacinthe,

Anémone, Marinette, Anne-Marie, Marie-Rose, Rose-Marie, Raymonde, Alice, Michelle, Claire, et environ douze mille cinq cent cinquante autres dames dont, à cet instant, les prénoms se dérobent à leur tour pour moi.

« J'ai baisé quarante-sept ouvreuses de cinéma, une de théâtre (elles sont moches en général). J'ai baisé trois avocates, non : cinq ! J'ai baisé un commissaire-priseur femelle, six épicières (produits de luxe), seize teinturières-repasseuses (j'adore l'odeur de la naphtaline et celle du linge chaud), deux charcutières, deux boulangères, huit pâtissières, la fille d'une dame-pipi (qui remplaçait sa mère), cinquante-cinq postières, trois employées des contributions, treize champouineuses, neuf dames patronnesses, trente-trois femmes de lettres (elles écrivaient mal mais Dieu qu'elles limaient bien !), une garde-barrière, une pompiste belge, cent seize libraires, une herboriste, une égyptologue, une sociologue, une réparatrice d'imparfait du subjonctif, une laborantine, trois tantes à héritage, mille huit cent neuf veuves pas encore sur le retour, six directrices d'agences immobilières, quatre-vingts professeurs ou institutrices, trois bijoutières, une spéléologue et quatre mille deux cent onze auto-stoppeuses.

« J'ai baisé des Américaines du Nord, du centre et du Sud, des Asiatiques et des Arabes (ce qui n'est pas aisé : les secondes parce qu'elles sont farouches et les premières parce qu'elles sont étroites), des Africaines, des Océaniennes, des Russes, des Allemandes (en quantité ! toujours ça que les boches ne tireront pas !), des Anglaises (ma folie), des Italiennes, des Espagnoles (le feu occulte), des Scandinaves *(on the rocks),* des Roumaines, des Hongroises, des Polonaises, des Bulgares, des Turques, des Grecques, des Irlandaises (attendrissantes), des Tchèques, des Chypriotes, des Monégasques (c'est pas un rocher, c'est un trou !), des Suissesses, des Portugaises, des Lapones.

« J'en ai baisé des jeunes, des vieilles, des grandes,

des petites, des grosses, des mafflues, des locdues, des imberbes, des velues comme l'astrakan, des superbes, des blondes, des brunes, des rouquines comme toi, des dévergondées, des pétasses, des innocentes, des très religieuses, des aveugles, des sourdes, des culs-de-jatte, des manchotes, des siamoises, des juives, des calvinistes, des catholiques, des bouddhistes, des confucianistes, des agnostiques, des musulmanes, des clitoridiennes, des fellatrices, des lesbiennes, des connes, des riches, des pauvres, des princesses et même une qui était intelligente.

« Oui, Rouillé, j'ai baisé ce que je viens de t'énumérer et qui ne représente que le dixième de la moitié du quart des femelles que j'ai fourrées. J'ai niqué tout ce joli monde et mille fois davantage, mais je n'ai pas sauté ta rombière ! Fais-toi une raison, valeureux lauréat du prix Cognacq, jamais mon membre épanoui n'a connu ni ne connaîtra la babassc exténuée de ta malheureuse épouse. Si elle a prétendu le contraire, elle a menti, et on la comprend de céder au péché quand on est soupçonnée d'un aussi glorieux coït ! Cette lettre est un faux et je vais te le prouver. »

Je saute sur le bloc qui nous sert à marquer nos points quand on joue au scrabble, m'man et moi, dégaine mon stylo.

— Je vais sous tes yeux de lapin russe hépatique te fournir un exemplaire de mon écriture, figure de fifre. Tu iras le comparer avec ta missive à la gomme.

J'écris :

Mathias est un sale con à la raie duquel je pisserai tant qu'il me sera octroyé de pouvoir remplir puis vider ma vessie.

San Antonio

Je glisse ce rare document entre les doigts du Rouquemoute.

— Et maintenant, taille-toi, déjection ! Quand on voit ta gueule, on rêve de devenir Ray Charles.

Mon discours virulent l'a déconcerté. Il se retire d'un pas d'automate dont les piles commencent à être nases.

Nous demeurons quelques instants sans parler, puis un rire profond, intense, violent, un rire en forme de bourrasque nous secoue. On se dit rien. On se regarde et on rigole ! On se claque les jambons ! S'étouffe ! Pouffe ! Pleure ! Se courbe en deux, en trois ! S'enroule !

On risque de se marrer jusqu'à ce que mort s'ensuive. Oui : l'asphyxie nous guette. On va éclater de trop éclater de rire. Quelque chose nous disloque le zygomatique, la rate, les soufflets. On s'exténue de se tordre pareillement.

La survenance de Maria-la-bellement - bouffée, accroît encore cette rigolâtrie éperdue. Elle parle. Comme on n'entend pas, elle crie. Et ça dit :

— TELEPHONE!!!!

Bon, la réaction s'opère. Le ronfleur, ça veut dire que la vie continue et qu'elle n'est, après tout, pas si marrante qu'on le rit.

Je décroche.

C'est m'man. Sa voix blanche ! M'man en désespoir. M'man en perdition.

— Antoine ! s'écrie-t-elle, la vilaine femme de l'autre soir vient d'enlever Toinet !

IL Y A LÀ BÉRU, BERTHE ET APOLLON-JULES...

Il y a là Béru, Berthe et Appollon-Jules. Il y a là Pinaud et son Adeline très salopiote. Il y a là M. Blanc ! Et il y a même Maria, égosillante, pleureuse noire d'avant l'heure, qui a sauté dans la caravane du courroux, dans la caravane du désespoir pour rallier l'appartement des Béru, P.C. de l'événement.

Et puis il y a surtout ma Félicie. De marbre gris veiné de gris. Tout est gris chez elle : sa peau, ses yeux, ses cheveux et ses vêtements. Et je sais, moi qui la connais comme si elle m'avait fait, que son sang devient gris, lui aussi, dans les méandres de ses veines grises.

Ele ne pleure pas, mais sa voix fait peur. Une voix que je ne lui connais pas. Une voix qui arrive de l'au-delà.

Elle dit, cette pauvre voix :

— Ils devaient nous suivre depuis la maison. Lorsque nous sommes arrivés devant chez nos amis Bérurier, j'ai demandé au chauffeur de nous attendre afin de nous remmener. Il a ergoté. Il voulait tout d'abord que je lui règle la première course. Ce que j'ai fait. Pendant que je fouillais mon sac, j'ai entendu un cri. Je me suis retournée. La tante de Toinet était en train de le fourrer à l'intérieur d'une auto, aidée d'un grand type brun que je n'ai aperçu que de dos. Je me suis précipitée, mais déjà la voiture en question démarrait. Je n'ai eu que le temps d'apercevoir le pauvre visage apeuré du petit par la vitre arrière qui m'appelait à l'aide !

Deux chastes larmes descendent lentement sur ses chères joues. Je la saisis par l'épaule.

— Ne te ravage pas le tempérament, m'man. Tu sais bien qu'on va le retrouver en deux coups les gros, ce garnement. De toute manière, y a pas de craintes à avoir pour sa vie. La salope de tante voulait le récupérer, pas le couper en quatre !

— Mais il doit mourir de peur ! lamente Féloche.

J'efforce de rigoler.

— Lui ! Tu n'y penses pas. Son prof de français, que j'ai vu tantôt, me disait que, pas plus tard que la semaine passée, Toinet a essayé de déculotter l'une de ses condisciples dans le labo de langues !

— L'endroit était tout indiqué ! gouaille l'Ignoble.

La Berthe amène son grain de gros sel :

— Faites-vous pas d'souci, maâme Félicie, en attendant qu'on l'retrouve, vous allez avoir Apollon-Jules dont c'est avec beaucoup d'volontiers qu'on vous confie la garde, moi et ce sac à merde !

— C'est vrai ! renchérit Alexandre-Benoît. Ça vous fait une compagnie qui tombe à pic.

Leur indécence choque la société, mais personne ne la souligne. Ils sont ainsi, les Infâmes.

Deux valoches aussi ventrues qu'eux, consolidées par des lanières de cuir et des pansements de sparadrap attendent dans l'entrée.

— C'est pas qu'on se fait chier en vot' honorab' compagnie, mais faut qu'on va partir, annonce Béru, not' dur n'attendra pas.

Il explique aux retardataires que sa baleine et lui se rendent dans le Midi au mariage d'une nièce. Les festivités dureront deux ou trois jours.

Berthe avertit Félicie qu'Apollon-Jules met des dents, ce qui le fait pleurer souventes fois la nuit. Pour lui calmer la douleur, elle lui administre à chaque crise une tasse de marc de Bourgogne sucré à mort. Le monstre, assis sur une vieille couvrante, joue avec des cubes en vagissant des conneries. Il pèse deux fois plus que son poids idéal, l'apôtre, et ressemble à un goret de dessins animés. Obèse et rigolard, dodu, juteux, le regard frangé de cils presque blancs, déjà sanguin, déjà happé par la ronde des connards, fils de cons, con lui-même, mais avec un sourire tellement confiant qu'on s'en trouve attendri.

— Pressez-vous, déclare Béru. Quand t'est-ce vous partirez, vous aurez qu'à mett' la clé sous le paillasson, c't'une planque futée qu'on a eu l'idée, moi et Berthe, manière de s'éviter des oublilles fâcheux. Vous éteindrerez bien les loupiotes en partant, siouplaît. Si vous auriez la pépie, y a d'quoi boire dans l'placard d'la cuisine. Juste j'vous d'mande de laver vos verres, biscotte ma baleine a horreur d'rentrer av'c d'la vaisselle sale sur l'évier. Tchao, tout l'monde et bilez-vous pas pour Toinet, c'est juste un incendie d'parcours.

Il empoigne la moins grosse des valdingues, laissant à sa moitié le soin de coltiner l'autre, et le couple tragique s'en va. On l'entend gueuler dans l'escadrin à cause du poids des bagages. Ensuite les Bérurier traitent leur concierge de vieille morue dégueulasse, qu'une merde de chien sous le porche, faut être la dernière des vachasses pour y tolérer, que chaque fois, ils s'emportent un colombin à la semelle de leurs souliers, au lieu de la France ! Qu'un de ces quatre, son atroce roquet blanc et noir, qu'on sait même plus différencier son museau de son trou du cul, il va le shooter comme un *penalty,* Alexandre-Benoît. Glisser la pièce aux niacouets de la benne à ordures pour qu'ils l'embarquent une fois pour toutes.

Enfin, la rumeur béruréenne s'estompe et s'engloutit dans le brouhaha de la ville.

— Écoutez, murmure Pinaud, si une question de rançon se pose, soyez sans crainte, madame Félicie, je l'assumerai ; désormais mes revenus me permettent d'affronter ce genre de problème.

M'man embrasse le défané en sanglotant, puis s'occupe de rassembler Apollon-Jules.

— Nous allons congédier votre taxi et je vous reconduirai dans ma Rolls, déclare César. Je suppose qu'Antoine et Jérémie vont se mettre en campagne immédiatement ?

Il suppose bien.

Justin Verbois, c'est écrit en puissantes lettres noires collées sur un panneau blanc. Le tout s'étale contre un immense portail branlant, qu'un vent de force zéro mettrait bas comme moi la culotte d'une admiratrice.

L'antre du brocanteur est tapi au fin fond d'une longue impasse encombrée du dix-huitième arrondissement, donnant sur un grand boulevard lugubre. Il y fait davantage nuit qu'ailleurs, mais une lumière blancharde brille à travers les interstices de la porte. Il suffit de pousser pour que le lourd panneau cède à nos instances. On découvre un bout de cour où s'empile un capharnaüm indescriptible, composé d'objets mutilés, épaves d'existences rassemblées là par des hasards sans fin.

Après la cour, se propose un hangar où le bric-à-brac devient grandiose. Montagnesque ! L'empilage éperdu dont il semblerait que seul un magistral incendie puisse avoir raison. Tu distingues confusément, saillant de cet Himalaya, un pied de table, un dossier de fauteuil, le ventre éclaté d'une commode, le coin d'un billard, le panard compissé d'un bec de gaz fendu. Plus le tas s'élève, plus les choses qui le composent s'allègent. Pour finir, t'aperçois, au faîte de ce crassier, un tendre abat-jour de perles et une bottine de femme du temps jadis, aux mille boutons.

Une verrière grise laisse filtrer assez de lumière pour que soit éclairé ce désastre amoncelé. Sur la droite, une sorte d'appentis où brille la lueur implacable d'une lampe à halogène étrangement neuve parmi ces vétustés.

Un vieux bonhomme, gros et couperosé, avec des crins blancs coupés court, un pull à col roulé et une veste de cuir noir râpée, découpe d'infâmes abats violacés à des chats aux dos arqués qui miaulent d'impatience. Il leur parle d'une voix de mêlécasse pareille au bruit du pinard coulant d'une barrique débondée. Ce personnage ressemble au Gabin de la fin de parcours. Pittoresque, ça vachement ! Bourru (de dos on le subodore déjà !) et cradingue (on le renifle depuis la lourde) !

Il est tellement occupé à jouer les restaurants du cœur avec sa horde de greffiers qu'il ne s'aperçoit pas de notre présence. C'est seulement quand il procède à la distribution de barbaque qu'il nous avise. On le passionne moyennement.

— C'est pour quoi ? grommeluche le vioque sans stopper sa répartition d'animaux morts à d'autres qui sont provisoirement vivants.

Moi, tu prendrais ma température avec un baromètre à mercure, t'en reviendrais pas : y a tempête jusque dans mon anus mordoré, l'aminche ! Glaciaire, Sana, de corps et d'âme. Je réponds rien.

M. Blanc, en parfait subalterne, ne moufte pas davantage.

Notre mutisme alerte le philcattus. Il largue ses tronçons de poumons pour ouvrir le tiroir d'un vénérable burlingue et y cueillir un browning qui a dû appartenir au général Grant ou à son ordonnance.

— Si vous venez pour me truander, vous l'aurez dans le cul, les gars, assure paisiblement le bonhomme, j'ai pas un faf liquide et cette détente est plus sensible que le clitoris d'une gouine. La dernière fois que des pieds-nickelés ont voulu me brigander, ils se sont retrouvés à l'hosto dans l'heure qui a suivi, et ils marchent maintenant avec des rotules en plastique.

— Police ! aboyé-je. Arrêtez votre Far West, Verbois, et commencez par me montrer votre permis de détention d'arme.

Joignant la preuve à l'avertissement, je lui brandis ma toute belle carte plastifiée, barrée de tricolore, avec, écrit en gros ce mot « Police » qui tant et tant a foutu la diarrhée verte à des pégreleux.

Il est un tantisoit estomaqué, because mon compagnon noir ; il nous situait pas dans les régions volaillères, plutôt de l'autre côté du poulailler. Il a la frime déconcertée du mec en proie à une grande débâcle intestinale et qui découvre au dernier moment que l'appareil distributeur de faf à train est vide.

— Qu'est-ce que c'est que cette histoire ? il clabote avec le tronçon de râtelier qui lui sert à affronter encore quelques entrecôtes pas trop rétives.

— Vous avez raison, Verbois, c'est une histoire, en effet, et il va falloir nous la raconter en détail si vous voulez éviter des ennuis. Votre entrepôt de charogneries a brûlé, d'après ce qu'on raconte ?

Il secoue la tête comme un automate en fin de remontoir.

— Pas du tout ! Où avez-vous pris ça ?

— Alors ça va être pour bientôt, je pense. De nos jours, la malveillance est partout et ne recule devant rien ! Remarquez qu'il suffit, pour s'en prémunir, de ne pas provoquer les inimitiés. Vous avez un pedigree pas très *clean,* le père. Si on farfouillait dans tout ce bordel, on en trouverait des choses à la provenance incertaine, vous pariez ?

Je me tourne vers Jérémie :

— Inspecteur Blanc, l'interpellé-je, vous ne croyez pas qu'on devrait rameuter la Brigade Financière pour venir éplucher les factures de M. Justin Verbois ?

— Ce serait un début, admet placidement mon Noirpiot.

Le vioque, c'est le genre de crabe qu'il ne faut pas lâcher d'une syllabe, non plus que d'une femelle. Plus tu tiens la laisse courte, mieux il t'obéit.

— Bon, reprenons. Montrez-moi votre permis de détention d'arme, enjoins-je.

Il bougonne :

— Vous ne voyez pas que c'est un vieux clou bon

pour le musée ? Y a même pas de balles dedans, tenez, vous pouvez vérifier !

Je néglige de saisir le browning. Les minous ont achevé de claper leurs débris de bestiaux et miaulent comme des perdus pour en réclamer davantage. Insatiables ! Pire que les hommes et ça gueule aussi fort qu'eux en baisant !

J'en caresse un. Ou plutôt une, puisque le chat que je te cause a trois couleurs. Jamais on n'a vu un greffier mâle tricolore (noir, jaune, blanc) ; c'est une particularité des femelles. Ladite me ronronne contre l'épaule, le dos en pont chinois. C'est agréable une matouse : douce, voluptueuse, mais tellement indépendante. Dès que ses rapports avec toi cessent de l'intéresser, elle te laisse quimper comme un vieux préservatif en crue.

— L'histoire que nous aimerions entendre, Verbois, concerne la dénommée Turpousse Maryse, attaqué-je.

— Allons bon, qu'est-ce qu'elle a encore fait ! s'exclame le vieux forban.

Ça lui est sorti du cœur, et ça contient de l'inquiétude et de la rogne.

— Je vous le raconterai peut-être quand vous nous aurez narré vos relations avec elle. Attention ! Je veux pas du bâclé, mais du vécu ; de la tranche de vie bien étalée sur la tartine.

Il hausse les épaules.

— Oh ! c'est tout simple, vous savez !

— J'aime les histoires simples, ce sont les plus fortes.

— J'étais l'ami intime de son père, Marius. On a été prisonniers ensemble en Allemagne, lui et moi. Une fois de retour, on n'a jamais cessé de se fréquenter. Il s'est marida et a eu deux enfants : une fille et un garçon.

— Il a pas touché le gros lot avec ses chiares, commenté-je.

Fataliste, le vieux Verbois hausse les épaules.

— Sa femme l'a quitté en lui abandonnant les mômes qui se sont élevés à la va-comme-je-te-pousse, argue-t-il.

— Il faisait quoi dans la vie, le papa Marius ?

— Son hobby c'était les courtines : il a vécu pour le canasson et il en est mort.

— Un coup de sabot mal placé ?

— Non, un coup de lingue pour une affaire de paris dont il avait engourdi les mises en espérant pouvoir les faire fructifier avant de les rendre.

— O.K., je vois. Les films « C » amerloques sont tous bâtis sur des scénarios de ce tonneau.

— Ses gosses ont été traumatisés par sa fin tragique. La maille qui file. Ils se sont mis à débloquer à leur tour, et très vite sont tombés dans des affaires à la mords-moi-le-nœud. Quand ils sortaient du trou, j'essayais de les aider, mais autant pisser dans un piano pour l'accorder ! Le fils, lui, surtout, était un coriace, le vrai fripon de haut vol !

— C'est le cas de le dire.

— Quand je lui faisais une fleur, en guise de remerciement il me secouait mon auber.

— On barbote dans les ingratitudes, Justin. Et la fille ?

— Plus sentimentale, répond le dabe d'un air nostalgique.

Je parierais qu'il se l'est emplâtrée, Ninette. Elle devait avoir le réchaud fastoche, la môme ! Je devine comme elle a bien épongé le vieux pour lui en griffer un max.

— Bref, la carburation se faisait entre vous deux ?

Il détourne les yeux :

— Avec des hauts et des bas.

— Ce qui signifie que, quand tout baignait, elle volait vers d'autres braguettes, mais que dans les cas épineux, elle rabattait chez vous pour vous dégoupiller le turlut ?

Il ne répond pas. Ma perspicacité lui en impose. Alors, bon, du moment que j'ai tout pigé, il me laisse l'initiative.

C'est la vie qui passe, quoi. La pauvre vie exténuante et ruineuse, décolorée, boiteuse, qui malodore. Le tas de foutaises habituelles, mesquines, dégradantes à force.

On les subit ; on fonce pensant leur échapper, d'autres plus corsées vous attendent un peu plus loin. Tu parles d'une couillerie !

— Bon, on en vient à son dernier exploit. La superproduction, avec meurtre, cours d'assises et condamnation à vingt piges de détention. Là, on largue l'échoppe de l'artisan pour se lancer dans l'exploitation géante. Madame s'était levé un riche Arbi établi dans l'import-export. Elle doit avoir des vices bandants parce que c'est pas un prix de beauté, votre Maryse.

— Elle était superbe ! rebiffe Verbois. La prison l'a changée et puis elle est très malade.

— Malade ?

— Une saloperie du sang, style leucémie, je crois. Ils lui ont accordé une remise de peine pour qu'elle aille crever ailleurs.

— C'est grave à ce point ?

Il a un peu plus de gélatine sur la paupière inférieure, le Justin. Dans le fond, ce vieux brigand est un sentimental.

— Paraîtrait. On lui fait des transfuses à tout bout de champ.

Voilà qu'il m'arrive un coup de vape. Je me mets à considérer les choses différemment. La grande carne est foutue. Le monde s'écroule. Elle a la révélation de sa vie gaspillée. Elle voudrait vivre *autrement* ses derniers mois ou ses dernières années. Elle se rappelle alors qu'elle possède un neveu et... Merde ! je vais pas chialer sur cette meurtrière qui nous a bassement enlevé notre Toinet !

J'enchaîne :

— A sa sortie de taule, c'est chez vous qu'elle est allée ?

— Où voulez-vous qu'elle aille ?

— Et vous l'avez accueillie une fois de plus ?

— Je l'accueillerai toujours.

— Donc, elle habite avec vous présentement ?

— Depuis deux jours elle est repartie.

— Pour où ?

— Elle n'a rien dit. J'ai trouvé un mot en rentrant, l'autre soir.

Il se fouille, sort des paperasses innommables de sa poche, les passe en revue ; finit par sélectionner une enveloppe de prospectus éventrée sur laquelle on a écrit : « A très bientôt, t'inquiète pas. M. »

— C'est tout elle, murmure Verbois. Le courant d'air. Un jour là, lendemain ailleurs. Sa nature, quoi !

— Elle vous a parlé de son neveu ?

Je le biche à l'improviste, pendant que nos regards sont branchés. Il a un léger flottement.

— Le môme qu'un flic a adopté ?

— Oui ?

— Elle m'a juste dit que ça l'intéresserait de savoir ce que ce gosse est devenu.

— Rien d'autre ?

— Elle a entrepris des recherches à son sujet.

— Ça a donné quoi ?

— Je crois qu'elle l'a retrouvé.

— Et alors ?

— Alors rien, les gens qui l'ont depuis dix ans ne veulent plus le lâcher, ce que je comprends parfaitement ; je le lui ai dit.

— Et qu'a-t-elle répondu ?

— Rien, ce qui chez elle n'est jamais bon. Elle a pris son visage buté, tête de pioche ! On la cognerait quand elle est comme ça !

— Vous n'en avez plus entendu parler ?

— Du gamin ? Non. Mais c'était récent. Elle s'est barrée peu après.

— Pendant qu'elle a séjourné chez vous, elle a reçu des visites ?

— Probablement.

— Vous n'en êtes pas sûr ?

— Vous savez, je passe pratiquement ma vie ici, moi. De six heures du matin jusqu'à plus soif. Et il m'arrive même d'y dormir.

Il désigne une espèce de canapé surchargé de hardes malodorantes.

— Mon appartement, c'est presque du luxe. Alors, vous dire ce que Maryse y faisait... Elle devait recevoir des copains, en effet, car je trouvais des chiées de bouteilles vides, certains soirs.

— Elle ne vous parlait pas de ses relations ?

— Oh ! ses relations, voilà un bien grand mot. Les relations qu'on peut avoir quand on a tiré dix piges de gnouf, vous savez...

— Elle avait de l'argent ?

— Celui que je lui ai refilé.

— Beaucoup ?

— Deux trois mille balles, elle avait besoin de s'acheter quelques fringues, bien qu'elle soit pas coquette.

Un moment passe. Il soupire :

— Elle a encore déconné ?

— Oui, monsieur Verbois : elle a encore déconné.

— Je peux savoir ?

— Elle a enlevé le gamin.

Il paraît rasséréné.

— Oh ! bon, juste ça ?

— Vous trouvez que c'est rien ?

— C'est son neveu, après tout. Bon, d'accord, elle aurait pu s'y prendre autrement, mettre la loi de son côté.

Il a un profond soupir :

— Mais le temps la talonne, que voulez-vous. Le temps la talonne. Sa vacherie du sang va l'emporter. Maryse, c'est pas la fleur des pois, mais elle a toujours eu une vie dégueulasse. Y aura eu que moi de potable : c'est pas grand-chose.

Il prend dans un tiroir un flacon brun coiffé d'un bouchon de champagne taillé en pointe pour qu'il puisse rentrer dans le goulot. Il le débouche et s'enfile une rasade de quelque chose qui, à l'odeur, pourrait bien être du rhum.

Comprenant que leur festin est fini, les chats se sont

fait la malle. Quelque part dans la montagne de bric-à-brac, une horloge crie au secours en égrenant quelques coups grêles sans rapport avec l'heure exacte.

Il y a pis que de la tristesse, dans cet univers indicible : une espèce de désespoir glacé, d'effroi métaphysique. Comme si on se sentait davantage mortel ici qu'ailleurs, et en tourment d'un au-delà.

Le vieux rebouche son flacon et une brusque idée lui vient. Il me fait front.

— Le neveu, c'est chez vous qu'il était, non ?

— Exact, monsieur Verbois. Depuis plus de dix ans. Et je ferai n'importe quoi pour le récupérer. Je n'ai pas envie que cet enfant subisse la fatalité familiale qui conduit droit en taule. Votre Maryse de mes fesses l'a proprement embarqué en fin de journée. Peut-être avez-vous votre petite idée de l'endroit où elle l'a conduit ?

Justin Verbois se dépose dans un fauteuil d'acajou pivotant. Il paraît harassé, lointain.

— Pas la moindre, assure-t-il. En dehors de mon logement, je ne connais pas d'autre point de chute à Maryse.

— Elle a agi avec la complicité d'un type brun, précisé-je.

Mais le dabuche continue de hocher négativement la tête. Cette bonne femme qui souffle en tempête sur son existence le déconcerte. Ce genre de giries ne sont plus de son âge, Justin. Il ferait bon se préparer à crever gentiment, dans la torpeur de son foutresque entrepôt, parmi les greffiers du voisinage, en éclusant une gorgée à sa topette de raide, de temps à autre, pour se requinquer les esprits. Il sombre parmi les autres vieilleries, Verbois. S'engloutit dans les commodes sans tiroirs, les pendules sans aiguilles, les tables bancroches et les fauteuils éventrés. Il a suivi son pauvre bonhomme de chemin de pauvre bonhomme en chemin, mettant parfois un pied dans la marge histoire de se donner le frisson mais, vaille que vaille, gardant le nez au sec.

Le bonheur ? Connaît pas ! Ses joies auront été des

joies de misère, des instants d'arrêt au bord de la vie courante. Couper du mou à des chats fous de faim, acheter une saloperie de plus, en vendre une... La môme Maryse a dû constituer sa seule embellie. Il l'a grimpée du temps qu'elle était jeune, donc à peu près belle. Il vit de ce souvenir. Quand elle surgit dans sa grise existence, c'est fête au village. Le retour de la pétasse prodigue ! Il lui lâche son carbure, la chouchoute, lui confie les clés de cet appartement qui, bien que modeste, constitue néanmoins un luxe pour ce collectionneur de pouilleries. Et puis elle s'envole, la colombe déplumée ! La vraie fumière. Juste un mot « A bientôt ». Ce qui veut dire : « Salut, vieux con, je reviendrai te plumer quand j'aurai besoin de toi ! »

Je place un bout de fesse sur son bureau, mes jambes frôlant les siennes.

— Écoutez, monsieur Verbois, vous comprenez bien que si les choses ne rentrent pas très vite dans l'ordre, on va au caca avec votre souris ! Un flic qui sort de ses gonds, c'est jamais bon, c'est générateur de bavures. S'il arrivait un turbin à votre protégée, à part vous, qui la pleurerait ? Qui s'indignerait qu'une meurtrière, ravisseuse d'enfant, se morfle une praline dans la coiffe ? Le monde est trop petit pour qu'elle puisse nous échapper longtemps. Tout un bigntz est déjà en train. Je vous l'annonce : ça va chier des bulles carrées, comme dit le petit Toinet, son neveu. Si vous envisagez un moyen quelconque de remettre les pendules à l'heure, n'hésitez pas, sinon elle risque de mourir d'autre chose que de sa leucémie.

Je tire ma carte de visite sur laquelle figurent mes numéros privé et professionnel.

— Je suis joignable à n'importe quelle heure, Verbois. Quelque chose me dit que vous m'appellerez avant longtemps.

On se quitte.

Une fois dans l'impasse, Jérémie déclare :

— Tu as été très bien : un chouïa théâtral sur la fin, mais franchement ça portait.

— Crois-tu qu'il sache où elle se trouve ? demandé-je, les dents serrées.

— Possible. Mais comme il l'a dans la peau, il ne parlera qu'en fonction de l'intérêt de la fille, c'est pourquoi tes menaces ouvertes étaient utiles.

— Tu y crois, toi, à sa maladie ?

— C'est facile à vérifier.

On remonte dans ma Maserati toujours meurtrie par les balles du tireur. Il est pas près d'être réparé, mon beau carrosse à essence.

— Programme ? demande M. Blanc.

— La Maison Pouleman, non ? Il serait intéressant de voir si le dispositif de recherche fonctionne.

— Nous devrions plutôt interviewer le petit mage à la con, Antoine. Peut-être aurait-il un flash à propos de Toinet ? Après tout, c'est son pote, ça doit stimuler les fluides.

— Tu as raison, conviens-je, laissons tomber la police pour la magie.

— Faudrait également savoir, dans l'hypothèse où la femme Turpousse est réellement malade, à quel hôpital elle se fait transfuser, émet le sagace. On aurait pu demander le renseignement au vieux.

— On aurait pu, mais il est trop tard, maintenant. Tu penses bien qu'il gardera bouche cousue sur la question, et il serait sot de lui mettre la puce à l'oreille.

J'ai des gargouillis dus à la faim. Mais c'est pas le moment de briffer. Je pense à Toinet, fou de terreur dans les griffes de son affreuse tantine, à m'man qui pleure en silence dans sa cuisine, à Maria qui doit l'accompagner dans son chagrin. Putain, quelle journée à la noix !

Ça vous tombe dessus sans crier chose. L'autre soir, nous étions peinards, *at home*. On s'était gurgité la brandade de morue de Féloche. On morfilait un brie impressionnant, et puis Toinet nous a sorti la prédiction de Bruno. Et sa vachasse de tante s'est bel et bien pointée, jaunasse, mal coiffée, puant de la gueule. Je remangerai jamais plus de brie : il m'a porté la cerise. Et pourtant c'est bon, du brie sur du brignolet frais ou, mieux encore, sur du seigle un peu fruste. Avec, pour lui faire une cour d'honneur, un Saint-Nicolas-de-Bourgueil fraîchouillard. La faim, je te dis, qui me fait fantasmer.

Je sors les aérofreins devant l'immeuble qui a l'honneur d'abriter la famille Malvut (ainsi que le père Verbois). Je me dis que ce gros tas de béton constitue le centre de nos emmerdes. Il me paraît maléfique dans le halo blême provenant des lumières axiales et de notre mère la lune. Il abrite des gens pas tellement blanc-bleu.

Je cherche une place sur un vilain terre-plein servant de parking aux « invités ». N'en trouvant pas, je flanque ma caisse à la diable sur une plate-bande galeuse.

Au moment où je descends, je vois survenir de l'ombre une petite silhouette sautillante. Elle arrive de l'autre bout de la rue (baptisée avenue pour faire genre). Ma parabole, c'est Bruno ! Il marche, enveloppé dans un anorak trop grand, dont le laçage lui arrive aux mollets. Marrant, cette espèce de petite montgolfière à pattes ! Le vêtement n'a pas été emprunté à son dabe, guère plus fort que lui ; peut-être à sa vieille ?

C'est vrai : je l'ai pas vue, la *mother* à Bruno. C'est très probablement une grosse ogresse de banlieue à moustache. Une suintante geignarde, j'envisage. Qui bouffe des nouilles et des patates frites jours *after days* et qui se gave de Mars en carême, ou de Nuts, voire de chips au paprika.

C'est plein de grognasses de cet acabit dans nos grandes ceintures. Elles se font chier sans le savoir et compensent avec la télé et la boustife. Tu les vois déambuler, mornasses, par les rues du désespoir accepté, chargées de provises au rabais et la bouche éternellement pleine. Y a longtemps qu'elles sont plus frivoles, que leur gazier les a déçues avec son guiseau de bricoleur qui rote sa bière du soir en se mettant au lit. L'extase par le cul, y a lurette qu'elles ont tiré un trait. Au début, elles se sont laissé enjamber par le copain Marcel ou M. Monichon, le voisin, tenter de décrocher quelques émotions sensorielles ; mais bien vite elles ont entravé que c'était du kif. Que ces coups de verge extra-conjugaux valaient pas mieux que la copulation express du samedi soir après Drucker. Alors elles se sont rabattues sur *Dallas* et les friandises de bars-tabac. Le panard, si tu vas pas le chercher là où il est, jamais il viendra à toi.

— Bruno !

Mon appel a claqué sec dans la bise de nuit. Il gèle à fendre l'âme, cette noye. Le mouflet qui s'apprêtait à enquiller son porche sursaute. Je me montre dans la lumière colique. Son souffle de mulot met le panache blanc d'Henri IV devant sa frite.

Il s'avance, les oreilles rougies. Il paraît tout chose.

— T'es noctambule, Bruno ? je lui demande.

— Je suis allé faire mon devoir de maths chez un copain du quartier.

Il tapote un cahier roulé qui dépasse de la grande poche de sa doudoune.

— Ça tombe pile, je voulais te parler. Viens dans ma tire, c'est pas la peine qu'on se mette à pisser des glaçons.

Il me suit, tressaille en découvrant ce grand Noir à la place passager.

— L'inspecteur Blanc ! lui dis-je.

Il salue d'un hochement de tête. Je le fais grimper à l'arrière et m'assieds à son côté. Jérémie s'acagnarde pour nous faire face. Comme on écoutait la radio, une chiante musique nous lacère les trompes. Je fais la grimace et M. Blanc ferme le robinet.

— Tu fais tes devoirs tard, noté-je.

— On a compo demain, Toinet a dû vous le dire.

— Non. Et sais-tu pourquoi il ne m'a rien dit ?

Mouvement négatif de l'artiste en divinations.

— Parce qu'il a été enlevé, Bruno ! T'as rien aperçu de ce style dans ta conjoncture astrale ?

— Enlevé ! bée le môme. Par qui ?

— Tu connais M. Verbois ? Justin Verbois ?

— C'est un vieux qui habite notre immeuble.

— En effet.

— C'est lui qui ?

— Non. Si tu connais Verbois, tu connais par conséquent une douce amie à lui : Maryse. Tu la connais fatalement puisque tu avais annoncé sa visite à Toinet, il y a quelques jours.

Il sourcille, renifle une morve nouvelle consécutive à la température nocturne.

— La tante à Toinet ?

— Tu y es, mon vieux Nostradamus.

Il paraît frappé par une similitude inconcevable. Il demande :

— La tante à Toinet habite avec Verbois ?

— Gagné ! Puisque tu avais « vu » sa visite, son visage ne t'est donc pas inconnu.

— Attendez, murmure Bruno.

Il se perd dans des réflexions, des supputations, des incohérences.

— Moi, je la connais pas, la femme qui demeure avec Verbois. Lui, c'est l'escalier « C », et nous le « A », je le vois très rarement et je ne sais même pas à quel étage il crèche. Je l'ai eu rencontré avec mon père qui lui a acheté des meubles, y a quelques années, sinon... Alors il habite avec la tante ?

— A l'occasion. Cette femme s'est mis dans l'idée de récupérer ton petit pote, bien que nous l'ayons élevé de fond en comble, ma mère et moi. Comme je l'ai envoyée à dache, la garce a usé des grands moyens et a embarqué Antoine en fin de journée. T'aurais pas une petite vision vite fait sur le pouce, histoire d'orienter nos recherches ?

Il ne répond même pas. Paraît atterré, sincèrement.

Non, question extra-lucide, il a fermé, le devin. Sa voyance est pareille au verre opaque de ses lunettes.

— Donc, tu n'as jamais vu Maryse Turpousse ?

— Je l'ai distinguée dans mon esprit, en disant à Toinet que sa tante allait lui rendre visite. Sinon, je ne l'ai jamais rencontrée.

— Et elle est comment, « dans ton esprit », fiston ?

— Moche, malade, méchante.

— Je crois que tu as tout dit, mon petit. On ne peut guère cerner la réalité avec moins de mots.

— Prends ça dans ta main ! fait soudain Jérémie en tirant un objet indéfinissable de sa poche poitrine.

— Qu'est-ce que c'est ? demande Bruno.

— Prends ! insiste le négus.

Le gosse obtempère et réprime un mouvement de répulsion. A la lueur du plafonnier, je regarde le creux de sa main, Jérémie y a déposé une sorte de morceau de cuir d'un vert tirant sur le brun, et qui se termine par de fines nervures noires disposées en éventail.

— C'est quoi ? insiste Bruno.

— Un talisman, répond gravement M. Blanc.

Lui, faut pas le chahuter sur ces questions-là. Il peut disserter sur Montaigne en trois langues, mais Ramadé, la fille de sorcier qu'il a épousée, le garde en état de superstition avancée. Y a toujours du grigri dans la vie d'un Noir, quand bien même il est prix Nobel de physique.

— Un quoi ? demande Bruno qui ne se décide toujours pas à refermer ses doigts sur l'objet.

— Un talisman, répète Jérémie, c'est-à-dire quelque chose capable de conférer un pouvoir magique. Ça devrait coller avec ton style, petit. Serre-le fort dans ta main et pense à Toinet, je suis sûr que tu vas « voir » des choses.

A contrecœur, le gosse obéit. Mais moi, je pressens que le talisman de mon pote lui produit l'effet contraire, Bruno. Cette « chose » lui répugne et donc perturbe son potentiel de voyance.

Il secoue la tête, il a hâte d'en finir.

— Non, non, je vois rien.

Il rend le talisman à Jérémie et, sans se décourager, pour la troisième fois questionne :

— C'est quoi ?

— Une patte séchée de lézard gouzy-gouzy, déclare M. Blanc en renfouillant la relique.

Un instant, je me dis que Bruno va gerber, rétrospectivement.

— Il se pourrait qu'une « image » te vienne, auquel cas je compte sur toi pour me prévenir ?

Il acquiesce.

— Taille-toi. Je suppose que tes vieux vont s'inquiéter. Il appartient à qui, ton anorak ?

— A ma mère.

Gagné !

— Je pige pas, lamente M. Blanc. Avec une patte de gouzy-gouzy consacrée par le sorcier Batimou, le papa de Ramadé, ç'aurait dû fonctionner. Ou alors c'est que ce gamin mène les gens en bateau avec son soi-disant don. Un talisman pareil donne toujours des résultats. En tout cas, je sais que, moi, il me protège !

C'est beau, la foi.

— Bruno Malvut n'est pas africain, plaidé-je. Les ondes n'ont pas le même impact selon les latitudes. Viens, on va aller dire bonjour à mon pote le clodo, à cette heure il a dû regagner ses appartements.

On remonte le col de nos blousons et je guide Jérémie vers le renfoncement où l'ancien prof bivouaque en remâchant ses rancœurs. Un pauvre édifice de cartons et de hardes qui pue, malgré le froid, la crasse et le picrate de mauvaise qualité. Curieux, le voyage de cet homme, sa descente volontaire de l'échelle sociale qui l'ont conduit sur un trottoir de banlieue. Quel sens tragique de la solitude ! Quel goût pervers de la complète mortification ! Il expie sa qualité de vivant dans ses guenilles malodorantes ; insensible au froid, abasourdi par l'alcool, brûlant encore d'une haine obscure qui, probablement, est devenue son ultime source d'énergie.

On le distingue à peine derrière ses cartons. Il les a disposés en coupe-bise. Un fulgurant instant, je l'envie. Pas exactement, disons que je comprends sa démarche. Il s'est placé en exil au milieu de la vie courante. Robinson de Paris ! Ce grabat de chiffons est une île.

Il dort, immobile, un bonnet de laine enfoncé jusqu'à l'arête du nez, un cache-col en haillons remonté jusqu'aux pommettes. On ne distingue que son gros pif veiné.

— Salut, prof ! lancé-je aimablement en m'accroupissant « à son chevet ».

Il ne réagit pas. Quand tu parviens à dormir par moins zéro, dans une rue, c'est que tu es un surdoué de la ronflette, espère !

— Ho ! ho ! grand-père !

Rien.

— Il ne te répondra pas, prévient calmement Jérémie.

— Pourquoi ?

— Parce qu'il a la gorge tranchée, mon vieux ! T'es chié, toi, de ne pas t'en être aperçu ! Regarde sous le cache-nez.

Mon regard glisse et, fectivement, je découvre une boue rougeâtre en train de noircir. Les fringues du vieux mec en sont imprégnées. Je braque sur lui le faisceau de ma loupiote-stylo. Égorgé complet, le père La Cloche. On lui a sectionné le corgnolon d'un geste vigoureux, en se servant d'une lame vachement affûtée. Ça forme comme une grande bouche vorace sous son menton herbu.

— Y a pas longtemps qu'on lui a réglé son compte, note Jérémie en palpant le bonhomme ; il est encore tiède.

Je cherche l'arme du crime dans les hardes, mais ne la trouve pas. M'est avis qu'il n'a pas dû beaucoup souffrir, le prof. Deux litrons vides attestent que sa soirée fut alcoolisée. Assommé par le vin, il en écrasait à la limite du coma éthylique quand son assassin a coupé ses dernières amarres.

— Tu vois pourquoi on l'a buté, Antoine ?

— Une seule explication : il savait des choses compromettantes pour quelqu'un. La solution de ce sac d'embrouilles est ici, dans cet immeuble ; je renifle ça depuis le départ.

Sans autre, je marche en direction du bâtiment.

— Chez Malvut ou chez Verbois ? demande Jérémie.

— Verbois.

— Le gosse a dit escalier « C ».

Il crèche au rez-de-chaussée, le brocanteur. N'est pas rentré de sa caverne d'Ali Baba roi des Puces ! La sonnette est seulabre à faire du bruit dans le logis. M'est avis que le dabe va rester à son entrepôt, ce soir, en compagnie des matous matois. Dans le fond, lui aussi est un velléitaire de la cloche. Quelque part, ça le taquine de se marginaliser complètement, de s'enfoncer dans les froidures du dénuement. Les autres, il attend de moins en moins de choses d'eux. A force de leur acheter leurs pouilleries, il a fini par piger qu'ils étaient encore plus délabrés qu'elles ; qu'une commode sans tiroirs peut encore servir, mais qu'eux, franchement, ils servent à moins que rien. Alors, autant leur dire bye-bye.

Je laisse la parole à mon sésame. Il a maille à partir avec deux serrures perfectionnées qui ne se laissent pas compter fleurette par le premier passe-partout venu. Faut finasser, comprendre leurs états d'âme. Les charmer par des combinaisons futées. A la fin, je leur fais toucher les deux épaules, et crac, on entre.

Yayaïe ! Justin, c'était pas la peine qu'il s'offre un apparte, vu que c'est son boui-boui qui continue ici. Moi, je serais broc, avec un hangar bourré d'épaves, j'aurais à cœur de vivre ma vie privée dans un cadre mutin, confortable et douillet. Mais ouichtre ! Dès l'entrée, ça s'escalade. Des classeurs brisés, des tables rondes à gros pieds, des armoires à glace qu'ont pas toujours leur glace, des lampadaires, des presses d'imprimerie datant de Gutenberg, des établis de bouchers, des tableaux de l'école Dunœud, d'autres de l'école Ducon dans leurs cadres d'origine, des bahuts sans portes, des portes sans bahut, des vélos Solex (parmi lesquels celui du président Mitterrand), des canules à injection, des téléphones à manivelle, des mappemondes, des hiboux (naturalisés français), un sanglier (naturalisé allemand), des cors de chasse, des corps de déesses grecques en plâtre de Paris, des corps du délit sculptés, des masques de carnaval, des statues indonésiennes, des armures, des godemichés bretons pour épouses de terre-neuvas, des berceaux d'osier, des masses d'armes, des armes à gauche, des lances d'arrosage, celle d'Henri II (intacte, tu parles : c'est celle de Montgomery qui s'est brisée !), des serviettes hygiéniques d'avant l'invention d'Isidore Tampax, des enseignes gothiques, des enseignes au néon, des enseignes de vaisseaux corrodées par le sel, des pierres tombales, des balcons andalous, des loups quelque peu clercs, des chapeaux chinois, des béquilles de bois, des voitures des quatre-saisons, celles de Vivaldi sur disques gaufrés, un corbillard japonais, deux bandages herniaires, l'étable d'Éloi, des poêles à marrons, des couronnes de perles, des mannequins de cire, des mandolines, des hélicons basse, une ancre de galère, le buste du maréchal Pétain, un incinérateur de fœtus, un timbre de 20 centimes à la gloire de l'empire colonial français.

Effectivement, il n'a pas intérêt à traverser Paname pour venir se pieuter ici, l'ancien. Autant qu'il reste là-bas, dans le dix-huitième.

Le bordel est si total, si dense, si opprimant que se déplacer dans ce logement ressemble à la guerre des tranchées de la 14-18. On sinue par des boyaux, des goulets, des terriers, des ravines et des sentes. Si tu gardes le nez levé, tu délimites un peu la topographie originelle : l'entrée, le living, la cuisine, la salle de bains, la chambre. Ne restent encore d'un peu praticables que la cuistance et une partie de la chambre, dans la région du plumard. Concernant le séjour, à un moment cela forme comme une petite clairière peuplée d'une table de marqueterie, style Régence et de quatre chaises pliantes, *made in* Bazar *from* Hôtel de Ville.

On comprend que ces meubles-là constituent l'apparte, car la table est surchargée de vaisselle sale, de boutanches plus ou moins vides, de reliefs de nourritures diverses. Dans la piaule, je trouve quelques harnais de bonne femme. Ceux qu'a laissés la Turpousse, probable.

— Il doit bien y avoir le téléphone dans ce capharnaüm ? émet Jérémie.

— Tu veux appeler qui ?

— Personne.

Tiens, le Chevalier Mystère ! Rare qu'il cachotte, ce grand radis noir.

On part en guerre et on finit par trouver l'appareil, posé sur le compteur électrique de la cuisine. La tonalité nous indique qu'il fonctionne.

M. Blanc se met alors à examiner le mur et les abords immédiats du poste.

— Si tu me disais ce que tu cherches, ma vieille noix de coco ?

Il consent.

— Ta gonzesse a eu des relations avec l'extérieur puisqu'elle a reçu du monde, aux dires de Verbois, et qu'un complice l'a aidée à embarquer le petit.

— Et alors ?

— Elle aurait pu noter quelque chose. Tu vois, y a justement un crayon attaché à la fourche par une ficelle.

Il s'empare de l'objet et tire à lui. La laisse du crayon mesure une soixantaine de centimètres. M. Blanc décrit alors dans l'espace une circonférence de ce rayon.

— Il faut éplucher tout ce qui figure dans ce périmètre, fait le Sherlock des savanes.

Je le laisse œuvrer et manœuvrer. *I am* inquiet. Si le père Rabatjoie se pointe, il va commencer par trouver nos fantaisies nocturnes de mauvais goût. Finaud, il connaît la loi et sait qu'elle a prévu les violations de domicile et les abus de fonction. S'il pique sa crise, on risque d'avoir des ennuis.

Je me tiens adossé à la lourde, guettant la vie de l'immeuble. C'est plein d'une sourde et lointaine rumeur composée de toutes les téloches déchaînées (ou plutôt « chaînées »). Le gus d'aujourd'hui, faut qu'il s'ingurgite sa dose d'images avant d'aller au lit, sinon il est en manque. Sa télé, sa bagnole, son picrate qui tache et, comme dit l'autre, sa pommade contre les hémorroïdes, et le voilà paré pour l'existence mercenaire.

L'ami Ricoré se met à souffler du pif, un peu comme le fait Béru lorsqu'il est affairé. Avec l'éteignoir de cierges qui lui tient lieu de lunettes de soleil, il est paré pour le pompage d'oxygène en accéléré. Il fouit, le gars ! Tu dirais un boxeur qui s'est mis un oreiller dans la clape en guise de protège-dents.

Il examine le mur, les bouts de papelard figurant sur le compteur, ceux qui gisent au sol. Obstiné chercheur de truffes. Sanglier survolté ! Cherche, cherche, neveu de l'Oncle Tom auquel il ne manque aucune case ! Cherche, puisque tu as l'instinct qui te mène.

Ma pomme, je pense au pauvre clodo qui gît dehors, à deux cents mètres à peine dans ses guenilles. Saigné goret, le pauvre homme à l'identité quotidiennement renouvelée. Que savait-il de si grave qu'on n'ait pas hésité à le mettre à mort pour s'assurer de son silence (tournure de phrase à la con, en vigueur dans les polars chichoit).

J'évoque également le départ précipité de maître Krackzyblum. Cet avocat faisandé m'avertit qu'on veut me tuer et s'esbigne peu après, au grand dam (autre expression hautement merdico-conventionnelle) de sa secrétaire-concubine. Son départ précipité est-il en rapport avec l'avertissement qu'il est venu me donner à la maison ?

— Tu brûles, grand ? murmuré-je distraitement.

Il renfrogne un « zob » pas engageant.

Cet appartement pue le rance, la pouillerie, le vin répandu, donc vaguement le dégueulis. C'est d'une effroyable tristesse. Je comprends que la Maryse n'ait pu s'y attarder longtemps. La cellule qu'elle occupait à sa centrale devait être plus joyce !

Il a fini d'explorer, le Noiraud. Alors il prend l'annuaire téléphonique posé sur un tabouret de formica, s'obstrue l'oignon avec ledit, gardant le *book* pététesque sur ses genoux.

— On se taille ? je demande. Ça manque d'ambiance.

M. Blanc feuillette l'annuaire. Page après page, en se mouillant le médius à chaque feuillet, au risque de se déshydrater.

— Minute, répond-me-t-il.

Je vais au réfrigérateur et l'ouvre. J'y trouve du pâté de campagne d'un jaune pas sympa, quelques endives fanées, une plaquette de beurre, des œufs, des boîtes de bière et, dans un compartiment à part, des médicaments. Je potasse leurs notices et me rends compte qu'ils traitent les problèmes sanguins. Il semblerait donc que la Maryse Turpousse soit véritablement malade. Est-ce à cause d'elle que le clodo a été égorgé ?

Comme Jérémie paraît déterminé à passer tout son bouquin en revue, j'empare le ronfleur afin de grelotter à m'man. S'agit pas de la délaisser, ma vieille. Elle traverse une méchante épreuve. Elle méritait pas un fils comme moi, lâché dans une existence aventureuse où chaque aube est une victoire. Elle s'attend toujours à ce que des collègues à moi viennent la trouver, la frite en berne, pour lui annoncer ma mise en l'air anticipée.

Si j'avais gratté au Crédit Lyonnais ou à la B.N.P., elle serait quiète, ma Féloche. Grand-mère, probable, au lieu de se disperser sur du produit d'appoint, style Toinet ou Bérurier junior ! Faudrait que je me décide avant de trop décrépir, à lui fignoler une descendance homologuée, m'man. Qu'elle pouponne un vrai grand coup avec un chiare qui, peut-être, ressemblerait à papa.

Oui : je vais lui faire un gosse à ma chérie. Voilà, je prends l'engagement solennel en composant notre numéro.

— Ah ! mon petit, c'est toi ! Tu as du nouveau ?

— Ça bouge, m'man, mens-je. De toute manière, ne t'affole pas, je viens d'apprendre que la tante Turpousse est leucémique ou un truc de ce genre. Ses jours sont comptés et c'est parce qu'elle a voulu goûter un peu aux joies de la famille avant de crever qu'elle...

— Pauvre fille ! soupire Félicie.

Voilà qu'elle la plaint ! Tout maman !

— Si elle avait parlé franchement, elle aurait pu venir à la maison et le prendre avec elle, de temps à autre. Nous aurions trouvé un arrangement.

Je perçois des voix féminines auprès d'elle.

— Tu as du monde ?

— Les sœurs de Maria. Figure-toi que la pauvre mignonne était tellement bouleversée par cette histoire qu'elle a eu une crise de tétanie en rentrant à la maison. J'ai fait venir notre docteur. Il lui a ordonné du repos et du magnésium. J'ai prévenu ses sœurs pour la bonne règle. Elles dormiront cette nuit dans la chambre à donner.

Cette solution me rassure. Ainsi ma Félicie sera-t-elle moins seule.

Je me demande si ma vieille est au courant pour Maria et moi ? Elle doit se douter de quelque chose, elle est tellement finaude, m'man ! En tout cas c'est pas la bonne qui s'est affalée, les ancillaires savent fermer leur gueule, c'est ce qui fait leur charme et justifie les augmentations qu'on leur accorde.

— Tu rentres cette nuit, Antoine ?

— Bien sûr.

Pour une fois, ça la déçoit. Elle me préférerait sur le sentier de la guerre, courant délivrer notre foutu garnement des griffes de sa tante.

Comme je raccroche, le négro murmure :

— Viens voir quelque chose !

Il garde un doigt appliqué sur un petit encadré figurant dans le fort volume et, de son autre main, maintient en place un feuillet sur lequel a été griffonnée une liste de mots.

— Qué zako ? interrogé-je en espagnol.

Il tapote l'encadré.

— Ceci, c'est les coordonnées d'une maison spécialisée dans la vente d'appareils chirurgicaux.

Il soulève le feuillet griffonné.

— Et ça, c'est une liste d'ustensiles également chirurgicaux. Tu suis la relation ?

— Parfaitement. Il semblerait que quelqu'un d'ici ayant l'intention d'acheter un équipement, ait cherché une adresse et se soit décidé pour celle-ci ?

— On l'a effectivement encadrée au crayon bleu.

Il relève l'adresse et le turlu de la maison de commerce.

— Demain, je vérifierai, déclare-t-il.

— A quoi penses-tu ?

— Comme toi, je suis convaincu que la femme Turpousse a fait l'acquisition des appareils nécessaires à ses soins ; probablement parce qu'elle compte s'isoler dans un bled où il ne lui sera pas possible de les obtenir.

— Bien vu. Voilà qui peut nous fournir une piste.

On replonge dans les froidures de la nuit. M. Blanc désigne le tas sombre, à quelque distance.

— Que faisons-nous pour cézigue ?

— Des prières, dis-je ; que veux-tu faire d'autre ?

— On ne prévient pas police-secours ?

— Pour qu'ils nous fassent chier avec des rapports, témoignages et autres paperasseries ?

Alors on se renfourne dans ma tire. Ou du moins on va pour. Mais moi, tu connais mes prompts réflexes ? Quand j'enquille la gourmande dans la serrure et que je constate que la porte n'est pas verrouillée, n'aussitôt des alertes me surgissent dans l'entendement. *Car j'avais lourdé ma caisse ! C'est chez moi un réflexe auquel je ne coupe jamais.*

— Écarte-toi, Bambino ! dis-je entre mes ratiches assermentées.

Lui, un vrai berger allemand ! Il obéirait à un ultrason produit par l'anus d'un escargot. Cabriole arrière.

— T'as des doutes, Sana ?

Je braque le faisceau de ma fameuse loupiote-stylo (un vrai rayon laser) sur mon volant, puis sur le tableau de bord.

— Non, Noirpiot : une certitude. Tu aperçois ce fil noir qui pendouille légèrement sous le compteur de vitesse ?

On va turluter au service de déminages des mineurs. Chemin faisant, je lève les yeux sur l'immeuble des Malvut. Il commence à y avoir davantage de fenêtres éteintes que de fenêtres éclairées. Il me semble apercevoir une silhouette embusquée à une croisée obscure de l'étage qu'habitent les « mages ». Mais c'est si vague, si imprécis, que je dois faire un peu d'autosuggestion sur les bords.

PENDANT QUE L'ÉQUIPE DES ARTIFICIERS EST AU TRAVAIL...

Pendant que l'équipe des artificiers est au travail, j'appelle un taxi pour qu'on se fasse reconduire à nos domiciles respectifs, Jérémie et moi. Je me dis que du train où vont les choses, ma rutilante Maserati risque de ne pas finir l'année, et son valeureux conducteur pas davantage.

Dis, ils sont pugnaces, les mecs intéressés par ma peau ! A force de me persécuter, ils vont finir par m'avoir ! Ils doivent me surveiller de près, me filocher, guetter le moment propice ; et moi, chat échaudé craignant l'eau froide, j'ai beau ouvrir l'œil, je ne m'aperçois de rien. Ça énerve, une situation comme celle-là.

Le sapin me crache devant notre pavillon.

— Quelle heure demain, et où ? demande M. Blanc.

— Demain, mon vieux Sherlock arboricole, tu t'occupes des fournitures qu'aurait commandées la vieille bique malade.

Il me saisit le biceps au moment où je vais sortir de la Pijot.

— Antoine !

— Oui ?

— Tu fais gaffe à tes os, vieux ? J'aime pas trop ce micmac.

Je ricane :

— Si je ne faisais pas attention, la peau de tes roupettes serait présentement étalée sur le parking des Malvut, comme la toile d'un parachute après le saut !

Le bahut redémarre, piloté par un Asiatique morose. Le genre de Chinois dont la famille tient un restau où non seulement on te donne à claper des boulettes de Canigou, mais aussi, ceux qui sont censés les consommer (à la sauce piquante, tu te poses pas de questions).

Je remonte notre allée à pas d'oisif. J'aime à respirer le froid craquant de la nuit. Le ciel est consterné d'étoiles, comme dirait le Gros, et notre pavillon complètement éteint.

Je pose mes grolles pour gravir les marches un peu geignardes. Colle ma baffle contre la porte de m'man. Ne percevant rien, j'entrouvre à pas de loup (dirait toujours Sa Majesté). Le souffle régulier un peu sifflant de Félicie me rassure. Ma vieille a dû gober un sédatif et elle dort calmos. J'en suis content et ému. Toujours, il me fait doux et triste, le sommeil de maman. Un peu comme si elle me trahissait en dormant.

Je relourde silencieusement pour gagner ma chambrette. Me dépoile en un tourne tu sais quoi ? Main ! Me dénude comme un verre (un ver c'est trop dégueulasse) et vaque un instant dans la pièce. A quoi ? A presque rien : je prends connaissance du courrier qu'on a déposé sur mon bureau. Pas de factures, m'man assume la comptabilité de la maisonnée ; des lettres de gonzesses que j'ai pas tirées depuis lurette et qui réclament de la moulasse. Une revue de Montréal qui voudrait me faire écrire un papier sur la police française, une carte postale *from Japan,* d'un ancien collègue qui a gagné au loto.

Il me semble entendre un pouffement. Je me retourne et qu'aspers-je ? Deux mignonnes brunettes en culotte dont les frais minois s'insèrent par l'échancrure du corsage de la porte. Leur ressemblance avec Maria me livre leur identité : les frangines.

Des jumelles ! Vingt piges, mignardes à en faire triquer un gus venant de subir l'ablation des roustons.

Tu parles de petites effrontées ! Je suis nu comme un vers (d'Hugo) et au lieu de battre en retraite, ces pécores s'égosillent la rétine à m'admirer l'académie ? Peut-être parce qu'elles ne voient que mon dossard ? Pour mesurer leur degré de viceloquerie je me tourne face à elles.

— Hello, mes biches ! lancé-je, malgré mon horreur du franglais.

Là, elles cessent de glousser. Faut dire que Mister Zifolo est prompt à la détente. Tu lui montres deux greluses en slip, avec des petits nichemards affûtés au taille-crayon, et hop ! il fait cocorico, le bougre. Les filles, ça les estomaque, un chibre pareillement calibré. Se croivent (Béru dixit) à Cap Carnaval, au lancement de la fusée Apollo. De la voir dodeliner de sa belle tête casquée, elles n'ont plus envie de se marrer le moindre.

— Eh bien, entrez, mes chéries ! invité-je. On est en ventôse et on va tous avoir la chair d'autruche !

Elles entrent, presque timides tout à coup. Civil, malgré ma bite à l'air, je m'avance et les empare par la taille. C'est doux et tiède : un velours.

— Alors, vous êtes les sœurs de Maria ?

— *Si,* qu'elles me philippinent en chœur.

— Comment vous appelez-vous ? Toi, par exemple, fais-je à la jumelle de gauche.

— Conchita !

— Whouah ! j'adore. Et toi ? demandé-je à celle de droite :

— Isabella.

— Magnifique ! C'est gentil de venir me voir.

— On avait entendu du bruit ! plaide Isabella.

Le délicieux accent ! Leur aînée n'est que le brouillon de ces exquises ! Un coït d'essai du *señor* Carcavello Juan, leur paternel. Il a fait un test-foutre avant d'oser son œuvre capitale. La Maria, c'était juste pour voir si ça venait bien au tirage. La photo polaroïd que prennent les reporters-photographes pour étudier la composition avant de verger au Nikon.

D'une double et puissante détente, je les presse contre

moi ! Ça donne une marmelade de viande exquise, Denise ! Elles se laissent comprimer en souriant. Pas farouches pour des Espingottes. Comparée à ses cadettes, Maria c'est Bernadette Soubiroute. Dix piges d'écart ont modifié la mentalité sexuelle de l'Espagne. Notre soubrette appartient encore à l'ancien régime. Elle a les mœurs franquistes, la grande. Ces petites radasses, par contre, doivent se faire niquer docilement, sans sortir leurs complexes de gala.

Moi, tout spontanément, en bouc ébloui par l'aubaine, je les drive jusqu'à mon pucier. M'est déjà arrivé de grimper des jumelles. Fascinant, t'as l'impression de faire l'amour avec un papier carbone. Sur les deux, t'en as une qui brosse en play-back, fatal.

Je les sardine en travers du pieu. Féerique ! Les voir aussi pareilles, lascivement étendues sur ma couette, crois-moi, ça décoiffe !

Elles commencent aussi sec un jeu exquis : Conchita m'empoigne le gouvernail de profondeur, au ras du gazon. Isabella en fait autant ; puis Conchita m'empare au-dessus, puis de nouveau Isabella. Conclusion, ne reste à l'air libre que le beau visage rubicond du sieur Bigzob.

Elles éclatent de rire.

Je les laisse à leur morceau à quatre mains pour les entreprendre en même temps avec les deux miennes. Ce que je voudrais être Bouddha qu'on se marre un peu plus mieux. Caresses de ces adorables touffes. Puis action conjuguée de mes chers médius. C'est beau d'être ambidextre ; dans le cas présent, je préfère ça plutôt que d'être nyctalope.

Ah ! dis donc, l'Espagne c'est quelque chose. Mon estime pour Charles Quint grimpe à toute vibure. Même Juan Carlos, je le prends en haute considération, à constater le tempérament de la famille Carcavello. Je me dis que, pour peu que la daronne de ces diablesses soit pas trop ravagée des castagnettes, je serais chiche de lui interpréter sombre héros et mantille à prix de faveur, pendant la féria de Séville.

On s'embarque à la mollassonne pour une opération de grand style, je te garantis. La fièvre monte à El Paso ! Oh ! la tortilla ! Des reptiles sectionnés, les jumes. Mon tronçon, nos voleurs ! Je les butine à mort avec une omniprésence d'esprit inouïse. A toi, à elle, à celle-là, à toi ! Le tactile en délire, le pif en secours ! La bouche pour flûte traversière ! Le membre pour flûte traversin. Hardi ! A pile ou fesses ! De gauche et de droite. Urbi et orbi. Cataclystique, l'Antonio. Sabre au clerc ! comme disait un notaire pédoque. Les deux gosses, pourtant habituées aux corridas, n'en reviennent pas de ma façon de toréer. Faut pas donner priorité à sa coxarthrose quand t'es confronté à des situations de ce genre. Estoquer sans cesse. Estomaquer ! Tout dans la vigueur et l'invention. Le pégreleux qui confond amour avec bilboquet, se prend le paf dans le tapis ! Impossible de s'économiser. C'est la goinfre sauvage ! Le don total de soi et l'exigence intégrale vis-à-vis des partenaires.

Jouer cette partie de dames avec deux ravissantes Espanches, bien fermes et bien lavées, avoisine le bonheur. Priorité et gloire, à l'école laïque d'abord, aux filles nettes tout de suite après ! Que je me rappelle un jour, Béru et moi, nous étions dans quelque taverne mal affamée (comme dit le Mammouth). Le Gros, pété comme tout. Il venait de palper une prime de je ne sais quoi et l'osier lui brûlait les couilles (il met son flouze dans sa vague de pantalon avec son mouchoir). Soudain, il avise une dame radasse juchée sur un haut tabouret. Et l'idée lui vient d'acheter son slip. Il le voulait acquérir là, dans l'instant. Les pourparlers commencent. Alexandre-Benoît prend deux biftons de cinquante raides et va à la dame.

— « Si v'voudriez m'vend vot' culotte, j'sus preneur à mille, mon trésor. »

— « Tu m'as pas regardée, fleur de fesses ! »

Et lui, sans départir :

— « A deux mille ! »

Il rajoute deux autres talbins. La gonzesse flaire la bonne aubaine. Elle matoise :

— « Trois mille et c'est banco ! »

— « Jockey ! assume l'Immense. Envoiliez la marchandise. Mais achtung, vous la posez sans descend' d' vot' tabouret ! »

— « En ce cas, ça fera mille de plus. »

Béru consent. La fille se trousse et se dépiaute. Elle tend un élément blanc-affreux au Gros et rafle ses talbins. Alors Béru s'écrie, dominant de sa voix de tribun la sono tympanticide de l'endroit :

— « Dis donc, la mère, c'est ta culotte qu' j't'aye ach'tée, pas le drapeau japonais ! »

Je ne sais pas pourquoi je te raconte ça. Peut-être parce que les souvenirs, faut les larguer quand ils vous viennent !

Et je poursuis mes lutineries sur les sœurs Carcavello. Elles miaulent comme des chattes. Moi, ce dédoublement me porte à l'incandescence, tu penses bien.

Au moment de remplir les ballasts pour la plongée, je m'aperçois qu'il y a un choix à opérer. Sur quelles bases établir la préférence ? Alors, bon, je dispose les académies de ces dociles Andalouses de telle sorte que je puisse honorer l'une d'une troussée, l'autre d'une tyrolienne d'attente. Et bravo, la solution leur agrée.

Au plus ardent de l'opé, un cri de trident retentit ! Une égosillance forcenée qui fait vibrer les vitres. Je déjante ! Maria ! La grande sauvage est là, en chemise dé nouit, le cheveux en bataille (de Verdun), le regard halluciné, la glandaille soubresautante. Notre délicat ramage, comme l'eût écrit la marquise de Sévigné, l'a réveillée et elle nous biche en flagrant du lit. Oh ! ce drame ! Tout dans la langue de Cervantès ! Que même elle rajoute du dialecte sévillan, bien marquer le coup ! Elle en a après ses frangines. Les traite de putes, de salopes, de chiennes en chasse ! Et en espingouin, ce qui fait davantage de raffut encore qu'en français, langue sensuelle par excellence peu apte aux éclats.

Les jumelles chialent. Je crois qu'elles pleurent surtout leur coup interrompu. C'était en marche pour le panard géant, et puis voilà cette grande velue qui leur casse la cabane. Après moi, elle ose pas vitupérer, Maria. Je suis le maître, le Dalaï-Lama, l'intouchable (mais suçable à toute heure). Respect au grand chef ! Oeil de Faucon, Antoine ! Régnant !

Maintenant, la grande passe des vociférations aux actes. La voilà qui frappe ses jeunes frangines dévergondées à pleines claques ! Ça sonne sur ces petits culs pommés comme sur des tambourins. Les gonzesses gueulent. Moi je cours verrouiller ma lourde que si m'man se pointait, j'aurais pas bonne mine ! Surtout en plein rapt de Toinet, tu te rends compte, vicomte ?

Rassuré de ce côté-là, j'entreprends de faire cesser la fouettarde. Je vois pas trente-six moyens ! Aux grands maux les grands remèdes ! Je soulève sa chemise de noye, la courbe d'un bras puissant et lui glisse le camarade Bigpaf dans le chemin des Dames. Le temps qu'elle pige mon dessein (animé), elle a plus le courage de rebuffer, Maria. Je la queute par surprise. C'est l'emplâtrage souverain. La sabrée mongole, *very* impétueuse. Et là, mon pote, trêve de fioritures. Hue, dada ! En rase campagne ! Les hordes barbares, ton Sana. D'Asie. Attila, que cause Lelouch dans « Les Huns et les autres ». Vingt-cinq images seconde : tac tac tac tac tac ! La rafale culière ! Pour être pistonnée, elle l'est, ma bonne à tout faire ! Ses frangines médusent d'une pareille surchauffe.

Elles se consultent du regard, se demandant si elles devraient pas balancer des seaux d'eau sur le joufflu de leur grande *sister,* y éviter de couler une bielle. La Maria, elle mord le couvre-lit ancien. Si jamais elle le déchire, faudra qu'elle le répare, je suis assuré contre l'incendie et le dégât des eaux, pas contre les morsures de bonne. Elle se retient d'indicibles hurlances. Néanmoins, elle émet des « Aoooh ! Aooooch lala ! » des « Ahououou » que le clébard des Baskerville ferait pas mieux ! Faut admettre que je l'ai limée avec une telle violence, Maria !

C'est une thérapie (n'occulte), comprends-tu. Un moyen désespéré d'endiguer sa crise de nerfs. Je la rassure en la sabrant, l'humilie puisque c'est devant ses sœurs, la fatigue par l'impétuosité de l'assaut (comme dirait Gloria). C'est péremptoire, en fait de méthode. Elle doit s'incliner. S'incline. De plus en plus. Au point qu'elle glisse à genoux sur ma descente de pieu. Je continue le boulot au rez-de-chaussée. Sans déchatter la moindre ! N'ayant plus de couvre-lit à dévorer, elle se mord les poings, la pauvrette. Ses pauvres chères mains d'honnête fille malmenées par les travaux ménagers !

— *Si ! si ! si !* qu'elle clame en se bouffant la renflure du pouce.

Elle ajoute encore qu'elle m'aime ; que « Oh ! mais si ! mais si », que « Missiou, il mé toue ! » et enfin que « Arrrhhwwrrrr », ce qui est tout à fait exact. Et puis c'est l'arrivée triomphale. Le déboulé dans la lumière. Je me libère de ces quelques millilitres qui font tant de chichis pour s'évacuer et conduisent le mâle à toutes les exactions, qu'ensuite t'es bien avancé, gros malin ! Cours te rincer, je te mépriserai moins !

On reste ventrés à terre. Les jumelles sont assises, sagement, comme pour le défilé de la semaine sainte, chez elles.

L'une d'elles finit par murmurer :

— Le téléphone, *señor*. Vous ne répondez pas ?

J'avais pas perçu la sonnerie. Certains instants trop éperdus affaiblissent notre perceptibilité, rendent nos autres sens guimauve. Moi, haletant, mortibus, toujours allongé sur cette vaillante Maria, paralysé à force d'épuisement, je trouve juste la force de murmurer :

— Réponds, connasse ! Ça va réveiller maman !

La donzelle saute de mon pageot, nous enjambe. Oh !

le délicat frifri rose pâle, fugacement aperçu ! A plus tard, mon bijou.

Elle décroche. Écoute.

— Qué ? elle murmure... Si ! Oune minoute !

« Oune maestro ! » elle me virgule en obstruant l'émetteur.

— Quoi, un maestro ?

— Jé n'é pas réténou son nom. Cracricrac ! On trouc commé ça.

— Krackzyblum ?

— Si !

Je me déplante de Maria, me relève comme tu déplies un mètre de charpentier. Harassé, je vais prendre le combiné.

— San-Antonio, j'écoute.

Oui, j'écoute. Ça, pour écouter, j'écoute, mais je ne perçois qu'une espèce de râle, même pas : un gargouillis très faible avec, en surimpression sonore, des coups secs qui vont en diminuant d'intensité.

— Allô ! égosillé-je comme un con. Allô !

L'image classique, si souvent vue dans les films « B » d'un gonzier refroidi dans une cabine téléphonique, avec le combiné brutalement lâché qui fait le pendule... Oui, ça, exactement ça. Ou alors une mise en scène pour le donner à accroire que.

Je dépose le combiné à côté du poste.

— Touchez pas à ça ! lancé-je aux femelles.

A poil, je m'élance hors de ma piaule pour descendre au salon où se trouve notre deuxième ligne, celle qui me sert uniquement à appeler Félicie. Un acte d'amour !

Je tube le service des écoutes. Me nomme. Ça devait pioncer là-dedans. C'est ébaubi, embrumé, mêlécasseux.

— Notez mon numéro, enjoins-je. Je suis présentement en ligne avec quelqu'un qui ne répond pas. Essayez de déterminer le lieu d'appel de ce correspondant muet. Quand vous y serez parvenu, si vous y parvenez, téléphonez-moi au second numéro que je vais vous donner. Et remuez-vous le cul, sinon vous allez encore aggraver le graphique du chômage.

Je me laisse tomber dans un fauteuil.

Épuisé, je pars en sucette !

Une omelette de six œufs !

T'as déjà bouffé une omelette de six œufs, tout nu dans une cuisine, les roustons pendants du tabouret, avec trois frangines qui te regardent claper ? Ça fait une curieuse impression. Tu te crois revenu à l'âge du feu ou de la pipe taillée, quelque chose comme ça. Chef de tribu, tu te sens. Grand sorcier à la bite en or ! Guérisseur d'écrouelles. Masseur de clitos ! Roi, quoi ! Pouvoir discrétionnaire. Lettres de cachets (d'aspirine). Bon plaisir. Toutim ! Les couilles pendantes, ça provient. Plus rien à cacher : elles ont fourni leurs preuves, prestations. Réputées irremplaçables, tu saisis ? Alors, qu'est-ce qu'il fait, l'être irremplaçable, malin ? Hmm ? Ben oui : il laisse flotter. Puisqu'il n'y a que lui dans sa catégorie, qu'il craint aucune concurrence, il peut péter à table, se torcher avec la nappe, se branler dans le plat de macaronis si le paf lui en chante.

— Vous voulez dou pimiente, *señor* ? que bêle la Maria, en pure extase, le pot endolori, défoncé à bloc comme un vieux sommier de bordel.

Elle a retrouvé sa vitesse de croisière, la pécore. Rétablie, sa supériorité sur ses frangines friponnes : oui, oui, c'est bien elle la *queen* ! Elle qu'a le droit exclusif de faire dégorger le seigneur. Ce qui précédait, c'était juste des amuse-gueules, un prélavable (Béru dixit), des gammes, comme qui dirait... Les jumelles ? Une simple mise en train du mec. Mais la troussée épique c'était pour les miches à qui ? A Maria ! Elle sent le feu du guiseau dans la moniche surchauffée, la gentille Espingote. Le bonheur complet, c'est la *señorita* Carcavello Maria qui se l'est octroyé plein cadre. La celle qui peut plus arquer, qu'a le fignedé frotté au piment de Cayenne, c'est toujours bien elle.

Du coup, sa pudeur a baissé culotte et pavillon. Elle leur a montré, à ces cadettes de merde, sottes pécores inexpérimentées et vantardes ce qu'était une vraie partie de trou ! Elles ont pigé, Conchita et Isabella, qu'au jeu du radada en folie, elles étaient pas encore de taille à lui tenir cul, Maria. Qu'elles pouvaient continuer l'école du soir, ces glandeuses. Se jouer des solos de clito à deux doigts avant de lui arriver à la cheville ! Un piège à pafs comme le sien, fallait encore quelques mois de nourrice avant de le rendre performant. La secouée qu'elle vient de déguster, c'est pas avec des petits dargifs en pomme qu'on l'assume. Faut du bon gros pétrousquin velu pour s'aligner au départ de l'épreuve. Y a eu des phases de la compétition nous deux, où ni l'une ni l'autre des jumelles aurait pu tenir la route. Ç'allait vite devenir le Paris-Dakar dans le Ténéré. Elles allaient droit aux tonneaux dans les dunes, les pauvrettes. Y a que des 4 x 4 comme Maria pour se risquer dans le sans-piste, à la découverte.

Tout ce que je te résume, elle l'exprime à sa manière, ma soubrette. Ses regards hautains, ses sourires de statue pieuse, ses silences pleins de sous-entendus le prouvent.

Je clape comme bouffe un clébard affamé, la tête dans le guidon, l'avant-bras qui tient la fourchette porte sur le bord de la table, contrairement aux règles de bienséance les plus alimentaires. Du bout des doigts, je pousse mon verre. Maria s'empresse de le remplir. Un pacha, te dis-je !

— Vous voulez dou froumage, *señor* ?

— Camembert ?

— Si, à point.

— O.K.

— Avec dou *mantequilla* ?

— Non, pas de beurre ; les calories en rang par quatre, merci bien !

Elle rit sous sa moustache de saint-cyrien d'avant-guerre. J'attaque le calendos.

Le bigophone retentit. Je bondis.

Le mec des écoutes, service de noye.

— Vous avez pu retapisser l'appel ?

— Tout à fait ! exulte le mec.

— Bravo ! Alors ?

— Une cabine téléphonique de la gare des Brotteaux, à Lyon.

— Bravo, bravo ! Et je dirais même plus : Bravo ! Joli travail, mon vieux. Vous vous appelez comment ?

— Lavertu Albert.

— Eh bien, je peux vous dire que Lavertu sera récompensé. Bien entendu, le poste de ladite cabine est toujours en ligne avec moi ?

— Toujours !

Je le largue pour appeler la P.J. de Lyon, rue Marius-Berliet que les poulets de là-bas ont surnommée « Fort Apache » à cause, je pense, de son architecture crénelée. Le commissaire Ricardin, qui la dirige, est du genre flic intransigeant, boulot boulot. La presse, lui, il s'en torche. Ce qui l'intéresse, c'est son job, pas la une du *Progrès*.

Bosseur effréné, il est là encore, malgré l'heure tardive, mobilisé par des giries féroces dans le mitan lyonnais. Il me « prend » illico. Je lui expose mon problo nocturne. S'agit-il d'un canular ou d'un coup tordu ? Il me promet de dépêcher l'un de ses archers en catastrophe et de me rappeler pour m'informer « du suivi ». Banco !

— Bon, les nières, faut aller vous zoner, à présent, les fêtes du couronnement se sont terminées, je leur annonce, péremptoire.

Et ma jolie basse-cour de s'égailler sans protester.

Quelle soirée ! Que dis-je : quelle nuit !

Il est exactement minuit quand le commissaire Ricardin me turlute.

Il me fait, rapidement, en homme qui a une chatterie à fouetter :

— Je vous passe l'officier de police Varissel.

Là, l'organe diffère. Pas du tout la voix beaujoleuse

qu'on pourrait attendre d'un poulardin lyonnais, violacé sous le harnais, mais une voix presque encore frêle d'homme jeune.

— Pierre-André Varissel, se présente-t-il. Bonjour, monsieur le commissaire.

— Du nouveau ? m'impatienté-je.

— Et comment ! J'ai fait les cabines téléphoniques de Lyon-Brotteaux et dans celle qui se trouve le plus en retrait, j'ai découvert un homme mort.

On va changer de chapitre pour laisser passer une page de publicité.

MORT, C'EST BIEN JOLI, MAIS MORT DE QUOI ?

Mort, c'est bien joli, mais mort de quoi ? Pierre-André Varissel me le révèle ava . que je ne lui pose la question.

— On lui a tiré une rafale d'arme automatique dans le dos, monsieur le commissaire. Sur son pardessus en poil de chameau il est facile de lire l'impact groupé des balles. Huit au bon endroit. Son cœur doit être déchiqueté.

— C'et vraiment Fort Apache, à Lyon, gouaillé-je. On peut dessouder un mec à la mitraillette en pleine gare des Brotteaux sans attirer l'attention ?

— Je vous l'ai dit : la cabine en question est très en retrait. Par ailleurs, il y avait peu de monde dans la gare à cette heure. En outre, il est probable que l'arme en question ait été munie d'un silencieux.

Je lui décris maître Krackzyblum en termes évocateurs.

— C'est bien ça, confirme, mon jeune confrère. On a embarqué le corps aux fins d'autopsie après que le service du labo ait procédé aux examens d'usage. D'ores et déjà, je peux vous fournir un détail dont j'ignore s'il a ou non de l'importance.

Il tousse un grand coup quinteux.

— La grippe ? je lui demande.

— Elle n'en finit pas, lamente l'officier de police en remettant de l'ordre dans ses muqueuses. Je vous disais donc... La victime devait tenir un appareil quelconque dont il gardait la dragonne passée autour de son poignet gauche. Comme il l'avait serrée et que son meurtrier était pressé, ce dernier l'a sectionnée avec un couteau pour s'emparer de l'appareil.

— Intéressant. Cher Varissel, j'aimerais être tenu au courant du développement de l'enquête, dites au principal Ricardin de ne pas m'oublier dans ses prières. Je suis d'autant plus attaché à cette affaire que ma propre peau est en jeu.

Il promet, note mes différents points de chute et on se dit bonsoir, mais ça pourrait être aussi bien bonjour car la noye en a un sérieux coup dans l'aile.

De plus en plus flagada, je retourne dans mon lit après avoir mis le verrou de ma chambre pour me préserver des assauts surprise de ce trio femelle. Les frangines en rut, tu parles d'un typhon !

Malgré mon intense fatigue, je ne parviens pas à trouver le sommeil. L'abondance des événements me flanque du courant à haute tension dans la moelle.

Je pense à mon pote le clochard, égorgé. A l'appartement capharnaümique du vieux brocanteur. Je pense à la tante leucémique qui, avant de se carapater, a dû acheter du matériel pour ses soins. Je pense à ma voiture piégée. A ma formidable partie de jambons au retour. Je pense à cet énigmatique Krackzyblum sauvagement abattu au moment où il me téléphonait. On lui a dérobé un appareil, assure le jeune Varissel. Probablement le magnétophone dont sa secrétaire prétend qu'il s'est muni avant de disparaître. Il s'apprêtait à me faire écouter un document sonore, ça, j'en jurerais. Seulement quelqu'un le filochait qui l'a scrafé pour le faire taire, puis lui a engourdi le magnéto.

Drôles d'embrouilles, décidément !

Une double affaire dont je suis le dénominateur commun. Il y aurait, d'un côté, la tantine kidnappeuse et de l'autre ces tueurs qui veulent ma peau ? Ou bien tout cela est-il étroitement lié ?

Je finis par m'endormir sans trop m'en rendre compte. C'est au réveil que je le constate. On sait qu'on a dormi au moment de se réveiller et on sait qu'on a vécu au moment de mourir. Je suis surpris de voir filtrer du soleil au-dessus des rideaux de ma chambrette d'amour.

On toque à ma porte.

Je me délite, enfile mon slip qui traînait à terre et vais ouvrir. C'est M. Blanc. Impec. Il a un jean neuf, une chemise verte discrète et une veste de daim à col de fourrure. Ce matin, tu ne lui vois que le nez. On dirait la hotte de *La Courte Paille* où l'on te cuit d'exquises grillades.

— C'est vraiment étrange, soupiré-je en me grattouillant les baloches d'une onglée évasive.

— Quoi ?

— Qu'avec un pif pareil tu ne sois pas défiguré. Tu serais même plutôt joli garçon.

Je retourne me pager. Ces heures de dorme ne sont pas parvenues à me défatiguer. Je suis brisé, avec mal partout, et des langueurs féroces.

— Quelle heure est-il ?

Il visionne sa fausse Rollex.

— Il n'a jamais été plus parfaitement midi qu'à cet instant, déclare Jérémie.

Putain !

Je sursaute. Que doit penser ma vieille en me voyant grasse-matiner alors que Toinet a disparu ? Pour peu qu'elle ait perçu les échos de mes débordements sexuels, cette nuit, elle doit pas tenir son « grand » en haute estime.

— Tu sais que l'avocat est mort ? lui dis-je.

— J'ai entendu la nouvelle sur Europe, pendant que je me rasais.

— Ça se complique, noté-je.

— A moins que ça ne se solutionne, au contraire, objecte M. Blanc.

— Tu trouves ?

Ce fin penseur des brousses déroule son point de vue :

— Si on a tué l'avocat, c'est qu'il représentait un danger pour ses meurtriers. S'il représentait un danger, c'est qu'ils ont un point faible. S'ils ont un point faible, nous avons une chance de le découvrir. Non ?

Il attend *my opinion,* puis je traînasse quelque chose qui ressemble à de la gueule de bois, mi-mal de cœur, mi-vague à l'âme.

— Je te répondrai quand j'aurai pris deux alka seltzer, soupiré-je.

Jérémie tire un faf de sa fouille.

— J'ai rendu visite aux gens qui vendent de l'appareillage médical.

— Et alors ?

— Intéressant. On leur a commandé il y a trois jours tout un bigntz destiné à des transfusions de sang.

— La mère Turpousse ?

— C'est une femme qui a passé la commande. On lui a déclaré que la maison ne fournissait que le corps médical : cliniques, hôpitaux, centres sanitaires, etc. Elle a paru embarrassée sur l'instant, puis déclaré que ladite commande serait confirmée par un médecin, précisant que tout devait être préparé dans les plus brefs délais. Effectivement, le commissionnaire qui est allé prendre possession des appareils avait une lettre en bonne et due forme, dont voici la photocopie, d'un certain docteur Germain Ravier-Chicot, rue de la Pompe. Le montant des fournitures qui était de vingt-deux mille quatre cent soixante francs a été réglé en espèces, ce qui est contraire à la loi. Le caissier s'est fait engueuler par la comptabilité. La Société Hippocratus a alors téléphoné au docteur Ravier-Chicot en lui demandant de bien vouloir établir un chèque, moyennant quoi on allait lui rembourser le liquide versé. Ce praticien est tombé des nues, jurant ses grands dieux qu'il n'avait absolument rien commandé.

Je ricane bassement :

— La tantine, ou un complice à elle, est allé (e) en consultation chez ce toubib et lui a secoué une feuille de son papier à en-tête pendant qu'il avait le dos tourné.

— Probable.

— Tu as vu le docteur Ravier-Moncul ?

— Il faisait ses visites et ne sera de retour à son cabinet qu'en fin de matinée.

Pendant qu'il jacte, j'enfile ma robe de chambre.

— Descendons, fais-je.

— Tu as intérêt à te coiffer, sourit Jérémie, il y a une fille ravissante en bas.

— Une fille ? Qui est-ce ?

— Ta mère m'a présenté, mais je n'ai pas pris garde à son nom.

Suivant son conseil, je me peigne et vais même jusqu'à me lotionner la frite à l'eau de fleurs de cedrat, seul parfum que je tolère.

Ça bourdonne dans la cuistance. Qu'y trouvé-je ? Marie-Marie en train d'installer le sieur Bérurier junior sur un pot de chambre en plastique qu'on a décoré d'un éléphant bleu aux yeux roses. De voir la Musaraigne, brusquement resurgie, me met le gosier en vrille, le cœur en ressac, les roustons en coques de châtaignes.

Je m'arrête, interdit (de séjour).

Au moins deux ans que je ne l'ai pas vue, la pécore ! Professeur dans la région de Limoges. Elle nous adresse ses vœux à Noël, m'écrit une carte pour mon anniversaire, sinon, c'est le presque black-out. Elle vit pour elle depuis qu'elle est devenue tragiquement veuve d'un époux impuissant qui ne l'avait pas déberlinguée avant de mourir. Seigneur, ce que cette greluse est devenue belle ! Il y a une espèce de sérénité en elle qui te coupe le souffle. Un calme qui lui donne de la classe. Elle est modestement fringuée, mais avec une certaine élégance : tailleur grège, chemisier bis, collier fantoche de chez Agatha que je lui ai offert (ça représente des petits chiens stylisés, en queue leu leu, qu'ont l'air de se renifler le trouduc). Maquillage discret.

Tiens, elle a changé de coiffure, ses tifs sont plus longs qu'avant, ondulés ; ça lui met du flou dans l'expression. Une certaine nostalgie des années 20.

Marie-Marie, c'est ma dégueulasserie d'homme. Mon péché originel. La statue vivante d'un amour bafoué. M'a-t-elle assez attendu, la pauvrette. Aimé à l'emporte-pièce depuis son plus jeune âge. Je lui avais toujours promis de l'épouser. Elle me croyait. Patientait. Elle est même venue habiter la maison, il fut un temps, en période probatoire. J'ai failli, je voulais. Je l'aime vachement. Et puis au moment de plonger, j'avais le sursaut fatal. Je me disais que jamais je pourrais renoncer à toutes les gonzesses de belle rencontre, aux somptueux coups de verge qui m'attendaient de par le monde. Je m'expliquais, devant ma glace, que j'avais pas le droit de profaner son amour à elle, sa ferveur. Qu'on sombrerait tôt ou tard, n'importe les belles résolutions, dans la farandole maudite. Que j'étais plus récupérable pour la bagouze, le gentil foyer avec des chiares en train de bédoler sur leur popot à la con, comme le fait Mister Apollon-Jules présentement ! Bouffé par son métier, le bel Antoine. Toujours avide de tringlettes éperdues ; qu'impossible de pas regarder le cul qui passe et d'imaginer sa fente suavissime. Alors bon, la môme a fini par se lasser, à force d'à force. Quand les trains ne se décident pas à arriver, tu t'en vas à pincebroque, l'ami. Tu suis la voie ferrée devenue sans danger.

On est là, on se défrime. J'ai des clameurs d'infini dans la poitrine. Des cris silencieux qui m'étouffent, comme toujours quand tu regardes passer devant toi le triste cortège de tes amours ratées.

Tu crois que les portes restent ouvertes, mais c'est pas vrai : elles se referment parce qu'elles sont faites pour ça. Il est con, Musset, qui prétend qu'elles doivent être « ouvertes ou fermées ». Ouvertes, c'est fugitif. Fermées, c'est leur finalité.

La porte de Marie-Marie s'est refermée pour moi. On coltinera nos langueurs, chacun de son côté, de par le pauvre monde foutriquet. Ç'aurait pu être, ça n'a pas été. Juste un peu beaucoup dans nos têtes. Et puis voilà le résultat. Elle devient une dame sérieuse, ma chère pie-borgne mutine et si gouailleuse. Quelqu'un comme tant ! Quelqu'un, quoi, alors qu'elle était un oiseau de gaieté, une petite mésange du ciel à pépier sur mon épaule.

Je soupire :

— Comment ça se fait, môme ?

— Ta mère m'a téléphoné, hier soir, en me disant, pour Toinet !

Boum ! Nouveau coup de buis sur la tronche au bioutifoul commissaire. Faut croire que je ne lui suffis plus, maman, dans ses peines. Elle va chercher ailleurs un réconfort que je ne suis pas cap de lui apporter !

Et moi, je suis là, dans ma robe de chambre de boxeur de banlieue, vasouillard et toc. Battling Ducon !

— Et tu as accouru ?

— Tu vois.

— Ça boume, avec tes cancres ?

— J'ai quitté l'enseignement.

— Tu fais quoi ?

— Je m'occupe de gérer une œuvre caritative.

Madoné ! Elle vire Sœur Thérésa, la chérie !

— Où ça ?

— Ben, à Paris.

— Tu habites Paris et tu ne le disais pas ?

— Ta mère le savait. Elle ne t'en a pas parlé ?

— Non.

— Elle a probablement ses raisons.

Bon, on s'est résumé les derniers chapitres. Je vais prendre la cafetière électrique où tu trouves en permanence un arabica de choix façon Féloche. M'en verse une grande tasse.

— Tu as du nouveau pour le gamin ? questionne Marie-Marie.

— Ça se précise, évasivé-je.

— Tu ne parais pas inquiet.

— Tu sais, les apparences...

— Oui, je sais !

Apollon-Jules a fini de déféquer. Marie-Marie lui torchonne le prose. Comme le môme est un Bérurier authentique, il prétend goûter à son colombin ; qu'heureusement Marie-Marie lui soustrait presto l'objet de sa convoitise.

Je bois mon caoua que j'ai omis de sucrer, mais tant pis.

Maria prépare un gratin de pommes de terre, hermétique et furax de cette présence féminine, l'Ibérique. Faut pas qu'elle nous en joue trop long, avec sa jalousie, sinon elle va se retrouver vite fait bien fait dans ses Espagnes !

— Quels sont tes projets ? demande Jérémie.

Il est troublé par la personnalité de Marie-Marie. La mate à la dérobée de ses gros lotos jaunassoux.

— Une douche, je me saboule et on décarre ! assuré-je.

Ma grande tasse est presque vide. J'ai un goût amer dans la clape. Un goût de bile. Putain, ce que mon existence ressemble à un mur de chiottes, ce morninge !

— Tu as changé, fais-je à Marie-Marie.

— Je sais.

— En bien.

— Merci.

Et là, je ne peux pas retenir la question qui me brûle :

— Tu as quelqu'un ?

Elle sourit gris comme le temps.

— Tu aimerais bien que je te réponde non, dit-elle. Le beurre et l'argent du beurre ! Je te connais !

— C'est pas une réponse.

— Je ne fais plus de réponses aux questions qu'on me pose, sauf au ministère des Finances quand je reçois ma feuille de déclaration d'impôts. Répondre, c'est entrer dans le système.

— O.K. ! O.K. ! Je peux au moins te demander si tu es heureuse ?

— Tu deviens con en prenant de l'âge.

M'man entre, fatiguée, détruite. Me regardant tout juste de la pointe des yeux. On la dirait en grand deuil, comme pour la mort de papa. Je me la rappelle à cette époque, si pâle, avec ce regard qui n'apercevait plus grand-chose.

— L'enquête progresse, je lui dis.

Mais mon ton est piteux.

Elle acquiesce comme une qui ne pense pas à ce que tu lui bonnis.

Une plombe plus tard, nous sonnons à la lourde du docteur Ravier-Chicot, rue de la Pompe (à merde).

Une soubrette poil-aux-pattes, espanche ou portugaise, vient nous débonder, avec tellement de fort duvet aux joues qu'elle ressemble à Moustaki. On lui explique délicatement comme quoi on est flics à ne plus en pouvoir et qu'on veut résolument causer au docteur toutes affaires cessantes. Au cas où il serait en train d'admirer le coucher de soleil sur le Bosphore (et fait reluire) à travers son spéculum, il doit le planter là où il est et s'amener.

Effarée, la petite velue s'en va défendre nos couleurs.

Elle revient peu après en nous assurant que le médecin nous recevra entre deux clients. On poireaute donc dans le hall, ce qui nous permet, au bout de peu, de voir sortir un sémillant jeune homme tortilleur qui devait avoir des problèmes de matrice. Il porte un superbe pardingue en cachemire bleu nuit et une écharpe tellement longue qu'il pourrait s'en confectionner une robe du soir en s'enroulant dedans.

Surgit à sa suite un gaillard en blouse blanche, d'au moins deux mètres, blond et chauve à la fois, portant de grosses besicles sur un nez en forme de concombre russe. Le toubib est corpulent, avec des écrase-merdes format péniches, et un froc mesurant un mètre nonante de circonférence.

Il nous visionne à travers les hublots de son bathyscaphe comme si nous étions une merde noire et une merde blanche déposées dans son hall.

Avec ce sens des civilités qui ajoute tellement à mon charme, je lui explique que nous devons l'entretenir à propos des appareils qu'il n'a pas commandés à la maison Hippocratus. Le voilà parti à fulminer qu'il n'a pas de temps à perdre avec une farce, due, il s'en gaffe, à un carabin de l'hôpital où il est chef de clinique.

Je déteste qu'on m'envoie aux quetsches, car je trouve que la vie est trop brève pour qu'on puisse se permettre de rebuffer avec ses semblables, surtout quand ils se comportent poliment avec vous.

Comme il poursuit que ses clients, nani nanère, je l'interromps en déclarant que, puisqu'il est pressé, nous lui ferons tenir une convocation en bon d'uniforme pour le Quai des Trois Orfèvres.

Alors là, le gros Loulou met une sourdine et nous désigne théâtralement son cabinet.

On pénètre.

C'est l'endroit professionnel classique. Un bureau Empire, n'évidemment, avec des *books* de toubiberie dans la bibliothèque, la photo de sa femme (tarte bien qu'elle fût prise au temps des cerises) et de ses enfants (dégénérés de fond en comble). Attenante, la salle d'auscultation.

Ravier-Chicot s'assied dans son fauteuil aux aigles plus ou moins dédorés. Nous nous contentons des deux chaises qui lui font face.

J'ai déjà repéré sa pile d'ordonnances dans un distributeur de cuir vert (l'Empire, c'est vert, ce qui a porté la pestouille à Napo, moi je pense).

— Docteur, fais-je, que faites-vous lorsque vous venez d'ausculter un malade ?

— Je me lave les mains ! bougonne le gros rouscailleur.

— Je m'en doute. Et où vous lavez-vous les mains ?

Il désigne la pièce voisine.

— Au lavabo, quelle sotte question.

— Ce qui fait que votre patient demeure seul un instant dans ce cabinet.

— Et alors ?

— Alors, il a toute possibilité pour chiper quelques-unes de ces feuilles de papier à en-tête.

— Pourquoi dites-vous cela ?

— Parce qu'il en a bien fallu une à la personne qui a passé commande en votre nom à la Société Hippocratus, docteur.

— Vous croyez ? fait-il, frappé et enfin radouci.

— J'en suis certain. Pour connaître l'identité de ladite, il suffit de consulter la liste des malades que vous avez reçus dans cette pièce entre le...

Je compulse mon agenda. Il y a quatre jours que la Turpousse a téléphoné pour commander les ustensiles et la marchandise a été livrée avant-hier. Donc...

— Entre le 16 et le 18, terminé-je.

Cette fois, le gros doc explose.

— Parce que vous vous figurez que je vais vous donner la liste de mes patients ! égosille-t-il à s'en fêler le coccyx. Hein ? Tout bêtement, parce que vous êtes de la police, vous pensez que je vais enfreindre le secret professionnel ! La liste de mes malades ! Et puis quoi encore ? Leur dossier médical du temps que nous y sommes ?

— Éventuellement, oui, réponds-je. J'ai oublié de vous signaler un fait important : si nous sommes ici, ce n'est pas pour découvrir l'auteur d'une farce, mais celui d'un enlèvement ! Cette question de matériel médical se rattache à un rapt, docteur Ravier-Chicot, ou à un kidnapping, pour parler franglais ! Et il s'agit d'un gamin. Alors votre serment d'Hippocrate, je m'en fais un lavement, comprenez-vous ?

Oh ! dis donc ! T'as vu comment qu'il bleuit le praticien de mes deux ? C'est sa circulation qui le chicane ? Faudrait qu'il se fignole des tests, pépère ! Le grand check-up, carrément !

— Quand bien même il s'agirait d'un meurtre précédé de tortures, je ne faillirai jamais aux devoirs de ma profession, môssieur le policier ! Un point, c'est tout !

Là-dessus, il sort de sa poche un paquet de mouchoirs en papier, s'en dégage un pour lui confier le cucurbitacée servant à sa respiration. Il souffle son indignation dedans. Coup de trompette ! Aïda ! Ça doit expectorer dru !

M. Blanc me virgule dans un souffle :

— Je vais créer l'incident, occupe-toi de son agenda.

Et mon ami négroïde se lève avec une grâce féline comme on dit puis dans les beaux livres un peu cons.

— Vous permettez ? il fait en gagnant le cabinet d'auscultation.

Le grand gros Ravier-Chicot, du coup, il méduse, radeaute !

— Il ne faut plus se gêner ! aboie-t-il.

Et de bondir à la trousse de Jérémie. Cris et glapissements ! Malmenage ! Prêt à tambouriner, le doc !

— Vous oseriez frapper un Noir ? que lui demande M. Blanc. Voilà qui va intéresser S.O.S. racisme.

Ma pomme, fulguranto, je me penche sur le burlingue, ouvre le bel agenda de cuir (Cordoba, pour le corps d'obèse !). Un signet est fiché à la page d'aujourd'hui. Je remonte en arrière un tantinet soit peu, arrache les feuilles incriminées, les enfouis dans ma vague, referme le somptueux carnet de route empli de chaudes pisses, tumeurs bénignes et malignes, hépatites plus ou moins virales, règles douloureuses, brûlures d'estomac, asthmes, angines, varices, sidas, hémorroïdes, eczémas pernicieux, arthrites (aux flambeaux), tachycardies, déplacements de vertèbres, chiasses incoercibles et toutim.

Les deux tagonistes reviennent. Le médecin apoplectique, postillonneur (Longjumeau), bavant de fureur, M. Blanc calme et buté, avec des rigoleries dans ses prunelles de scaphandrier.

On se sauve sous les conspueries égosillantes de Ravier-Chicot. Prélude à l'après-midi d'un aphone, moi je te le dis !

Dépouillement du scrutin.

Nous sommes dans la vieille Juva d'occase de mon négro bien-aimé. On a mis un peu d'espace entre la rue de la Pompe (à essence) et nous autres deux. Stationnés sur les clous, mais qu'importe !

Je sors les feuillets d'une main qui ne tremble pas, les oblitère sauvagement de mon regard acéré de vrai faucon.

Date du 16. A partir de 13 heures 30, et toutes les demi-heures jusqu'à dix-huit plombes, des clilles ont amené leurs avaries de machine au gros toubib.

Ce furent : Mme Maunanfant, Mlle Crépude, M. Ben Lassemoul, M. Coursasky, Mme Flagèle, Mme Tortellini, M. Bonneut, Mme Tumouille et l'enfant Dequeur.

Je récapitole (mon ami Dédé habite Toulouse) à haute et intelligente voix. Tous ces blazes me sont si tristement inconnus.

Alors je passe au 17. Et c'est l'enchantement. La remontée du Danube bleu à bord d'une barque fleurie, pendant que de jolies Autrichiennes retroussent leurs lourdes jupailles pour te montrer leurs exquises jarretelles. C'est suave comme un pet de colombe dans la fraîcheur d'un matin de printemps. C'est beau et bon comme une fellation d'une parfaite technicité de pointe ! Ça te charme, te fait guili-guili. T'émeut ! Tu respires mieux, Tu mouilles !

Ah ! comme il est beau ce nom. Comme il est bien là. Pas en tête de liste, mais dans le milieu, ce qui ne l'a pas empêché de me sauter au visage comme une giclée de foutre à celui d'une péripatéticienne débutante. Comme il brille et même nombrille ! Comme il chatoie (j'ai dit chatte-oie). Comme il me musique l'œil, m'enrubane la rétine, me zéphire la cornée et m'engouffre l'iris.

Verbois !

Ces deux courtes syllabes sont plus belles que le plus beau des alexandrins d'Hugo. Verbois ! Une volée de bois vert ! Vert comme le bois ! Bois comme ma gueule de.

Je presse le feuillet sur mon cœur, tel le collégien au reçu d'une bafouille enamoureuse de sa petite aimée et qui pâme de l'âme avant de se tutoyer le chipolata à la main.

Le gars Jérémie qui décèle ma silencieuse liesse, hilarise de confiance.

— Gagné ? il murmure.

— Je t'aime ! lui réponds-je.

Action de grâce non cotée en bourse. Que celui qui n'a pas Péchiney lui jette la première pierre !

— Qui ? demande-t-il comme quand tu meurs ou que tu jouis à gros flocons.

— Devine, salopié-je.

— La Turpousse ?

— Nenni, réponds-je, ce qui constitue, tu le sais, la forme atone de non.

— Verbois ?

— Gagné ! piteusé-je, quelque peu déçu par sa clairvoyance à claire-voie.

Il est rapide du bulbe, le négro ! Il cible vite et fort. Sans que nous fussâmes concertés (dirait Béru), il repart plein tube. Direction Saint-Ouen, tu penses !

Y a une vieille clocharde devant l'entrepôt. Elle tracte une voiture d'enfant déglinguée qui a dû servir pour le *remake* du *Cuirassé Potemkine*. Le véhicule déborde de saloperies que la femme a ramassées dans des poubelles de basse extraction.

— Vous allez chez Justin ? elle nous interpelle (à tarte). N'est point là, ce vieux saligaud ; pourtant son boxon est ouvert, lui qu'est méfiant comme une puce. Hé, dites, messieurs les gars ! Vous seriez-t-il intéressés par un dessus de cheminée, vous qu'avez l'air rupins ? En marbre vert. Y a la pendulette et les deux chandeliers. Bon, la pendulette, pour ce qui est du mouvement, elle a déclaré forfait. Mais les chandeliers, à part quelques ébréchures, ils tiennent vachement le coup. Je vous les montre ? Pour le prix, on s'arrangera toujours.

Je décline l'offre pour alléchante qu'elle soit.

— Je vous laisse les trois pièces pour le prix d'un kil de rouge, insiste la clodote, vous risquez pas grand-chose !

Je lui refile une pièce de dix points et nous poursuivons notre route jusqu'à l'entrepôt du vieux brigand. Les greffiers ne sont pas là. Je vais jusqu'au cagibi servant de bureau : il est désert. Sur la table, j'avise le *Parisien* ouvert à la page des courses, avec, abandonnées sur le canard, une paire de lunettes dont Louis XIV devait déjà se servir pour examiner ses hémorroïdes dans la glace.

— Il va revenir, pronostique M. Blanc ; il doit être aux gogues.

Alors, bon, tu m'as pigé ? On attend.

On attend cinq minutes.

— Il doit être constipé ! diagnostiqué-je.

— Il a l'âge des diverticules, renchérit le docte M. Blanc.

On attend dix minutes.

— Il a dû glisser dans le trou des chiottes ! envisagé-je, car, vu l'inconfort des lieux, il doit s'agir de vécés à la turque.

— On pourrait aller tirer la chasse ? suggère mon pas-si-blanc-que-son-nom.

Et voilà qu'on se met en quête des chiches.

Je doute qu'il en existe dans cet entrepôt. Il date d'un temps où les architectes ne pensaient pas qu'on puisse avoir envie de déféquer.

— Dans l'impasse, indiqué-je ; on n'arrête pas le progrès.

Nous ressortons, qu'en effet, après un tour des lieux on les découvre. Porte basse percée d'un cœur. Poésie pas morte ! Justement, un bruit d'eau malencontreuse nous parvient.

Hochement de tête entendu de mon compagnon. Le sire Verbois est laguche, en train de s'expliquer avec ses intestins. Pas la peine de le faire chier davantage en le prenant en flagrant délit.

Re-attente. La porte s'écarte. Et le petit Bruno Malvut paraît, qui s'essuie les mains avec son mouchoir.

En nous constatant, il a un sourire.

— Je sentais, dit-il.

— Qui, nous ?

— J'avais l'impression que quelqu'un guettait les ouatères.

Il tarde à refermer la porte. J'aperçois un siège que j'avais bien raison de supposer turc ainsi qu'un lave-main en fonte désémaillée sommé d'un robinet de cuivre qui saigne du nez.

— Qu'est-ce que tu fous ici, marmot, au lieu d'être en classe ?

— Y a pas classe, c'est la grève des enseignants.

Son œil unique pétille d'ironie. Le verre opaque de ses lunettes semble embué. On a envie de le lui essuyer pour découvrir son second lampion. Quand on est borgne, faut l'être avec discrétion ; les mecs à bandeau font corsaires et incommodent. Jean-Marie l'a bien compris, qui a fait l'emplette d'un œil de verre à son effigie, le seul qui exprime de la tendresse pour les gens de couleur.

— Ça ne m'explique pas ce que tu fais ici ! reprends-je.

Il baisse la tête.

— J'ai eu une vision, murmure-t-il, comme pris en défaut, kif on l'aurait découvert en train de se tailler une plume.

— Intéressante ?

— Elle m'a fait peur.

— Raconte voir !

— Quelqu'un tuait M. Verbois.

— Bigre ! Qui donc ?

— Je ne sais pas : un homme habillé en femme. Une cloche, qui poussait une voiture d'enfant.

Je gémis de l'arrière-gorge à l'instar (comme disent les vrais romanciers) d'un chiot qui vient de s'oublier sur la moquette.

— T'entends ça ? fais-je à Jérémie.

Il acquiesce en regardant la sortie de l'impasse. La vieille pocharde de tout à l'heure (vraie ou fausse) doit être loin maintenant.

— Et il le tuait comment ?

— Il lui coupait le cou avec un rasoir.

— Et pourquoi es-tu venu ?

— Pour prévenir M. Verbois.

— Tu l'as vu ?

— Pas encore.

— Tu arrives ici pour aller aux chiottes ?

— J'ai eu une grosse envie dans l'autobus, j'ai cru que je pourrais pas tenir jusqu'au bout, Maman m'a fait prendre mon huile de ricin, ce matin.

Nouveau sourire d'excuse.

— Un type habillé en clocharde avec une voiture d'enfant ? reprends-je.

— Oui.

— Nous l'avons croisé en arrivant, il y a un quart d'heure.

Le gamin porte la main à sa bouche et mord l'extrémité de ses doigts.

— M. Verbois n'est pas dans son bureau, ajouté-je.

— Il s'est peut-être rendu au bistrot du coin ? fait Jérémie.

Bruno mate mon pote, puis, buté, secoue la tête.

— Le type habillé en femme, fait-il d'un ton apeuré.

Je retourne à l'entrepôt, suivi de mes deux compagnons. Dur, dur, le métier d'artiste en fliquerie.

Nous avons laissé la lourde ouverte et deux matous en ont profité pour pénétrer dans le hangar. La queue droite, le dos arqué, ils miaulent pour réclamer leur mou. L'un d'eux s'enfonce dans l'espèce d'allée mal tracée qui sinue à travers le monstrueux bric-à-brac amoncelé.

— Il va se rabattre sur les souris, dis-je. Elles ne doivent pas manquer dans tout ce bordel !

A cet instant, le téléphone sonne dans le cagibi vitré.

J'entre délibérément pour décrocher. Tu sais comme je contrefais ma voix et même au besoin, peux reproduire celle des autres ? Mon cher Patrick Sébastien, l'unique, le vibrant, l'archange, m'a donné des rudiments. Avant tout « aimer » son sujet pour mieux entrer dans son personnage, qu'il m'affirme, Patrick.

C'est pas que j'adore le vieux sacripant de Verbois, mais son pittoresque me séduit, tout comme celui de Paul Préboist fascine Sébastien. Je chope un ton mêlé-casse marqué d'asthme.

— Voilà, Justin ! graillonné-je.

Une femme dit comme ça :

— Tonton ! c'est moi !

Je te fous ma bite à couper (et je ne plaisante pas avec ça !) qu'il s'agit de la Turpousse.

— Ah ! j'attendais de tes nouvelles, ma fille ! grommelé-je.

— On vient de s'installer et mon traitement va pouvoir commencer.

— Bravo ! J'espère que ça ira.

— Faut tout essayer, dit la greluse.

— Pour sûr, ça c'est bien vrai.

— Dis voir, Tonton, à propos des autres, rien de neuf ?

— Rien, ma fille.

— Tu ouvres l'œil ?

— Et comment.

Moi, je charbonne ardemment ! Voilà que j'ai la salope en ligne et que pas le moindre moyen de repérer d'où vient son appel. Le temps d'alerter Blanc, qu'il trouve un bigophone dans le secteur... Non, *in the* babe, Antoine ! Que faire ? C'est un supplice en comparaison duquel celui de Tantale était moins grave qu'une envie de glace à la fraise. Risquer l'atout pour la toux ?

— Dis voir, fillette, s'il y a du grabuge...

— Oui ?

— Pour te prévenir ?

— Oui ?

La voix change, la méfiance l'investit à la vitesse gravée (comme dit le Mahousse, pour grand V).

— Toujours comme on a dit ? continué-je.

Et crac ! on coupe la communication. Zobé, l'Antonio ! D'un coup, la bourrique a pigé que c'était pas le vieux broc qu'elle avait en ligne, mais un gonzier qui la chambrait. Le doute issu de ma voix, aurait écrit Jean-François Rebel, devait déjà lui titiller la gamberge ; ma question, dans son évasiveté, a été le couteau qui fait déborder le gaz. Maintenant, la voilà sur le qui-vive, la moribonde ! Mister Bruno est là, qui m'observe de son unique lumignon. Pâlot, fluet, émanation de la nuit. Quel étrange petit être dont l'enfance doit être saccagée par son « don » et par l'exploitation qu'en font probablement ses parents. C'est tragique, un gamin qui rate sa prime jeunesse. Inhumain.

Je raccroche.

M. Blanc n'est plus en vue.

— Sais-tu où est mon inspecteur ? demandé-je au gosse.

Il me désigne l'allée sinueuse.

— Je crois qu'il a filé par là.

Je sors du cagibi. Hèle :

— Tu es là, négus ?

— Oui, et pas seul ! Viens voir.

Je fonce à travers les pouilleries du vieux, parcours une dizaine de mètres (cubes) dans une étouffante odeur de grenier, respirant un air saturé de poussière qu'aucun allergologue n'a jamais réussi à homologuer.

M. Blanc est debout dans une sorte de rotonde qui marque le centre de l'entrepôt. Devant lui se trouve la baignoire de Marat (ou du moins sa cousine germaine).

Comme dans l'imagerie historique, un bras pend hors du récipient de zinc. Je découvre également, dépassant de la partie haute, une touffe de cheveux blancs.

— Ne t'approche pas, petit ! lance mon pote à Bruno.

Mais tu penses ! Un gonzier, qu'il soit môme ou vieillard, mâle ou femelle (voire hermaphrodite), tu lui annonces un cadavre, il vient renifler, comme un cador hume une charogne.

Le « tonton » Verbois est assis dans sa baignoire maratienne, la gorge tranchée exactement comme le fut celle du clochard sans patronyme ni domicile fixes.

Même boulot. Crac ! La corgnole sectionnée d'une oreille à l'autre. Il porte, de surcroît, à la nuque, une plaie causée par un instrument contondant, lequel gît auprès de la baignoire. En l'occurrence, il s'agit de l'outil le plus absolument contondant qui soit : un marteau à grosse tronche et à manche court.

Probable que l'agresseur du vioque l'a entraîné à l'écart sous prétexte, sans doute, d'empletter une bricole. Il l'aura estourbi, placé dans la baignoire pour lui cigogner la gargante au razif, ce qui est plus propre. Le sang a coulé d'abondance sur le veston cradingue du vieux, puis s'est rassemblé dans le fond du récipient.

Dis donc, ça se gâte, on dirait !

Le môme Bruno éclate en sanglots. Il caresse la tête dévastée du mort en murmurant :

— Je l'avais vu ! Je l'avais vu ! Et je suis arrivé trop tard...

Jérémie l'arrache vivement.

— Laisse, gamin, tu vas tout te dégueulasser ! Regarde tes mains. C'est pas un spectacle pour les enfants. Va te laver...

Ma pomme, j'arrache la toile d'un divan crevé et j'en confectionne une sorte de sac dans lequel je glisse le marteau en saisissant celui-ci par la tête.

Les données de l'affaire se compliquent. Dans cette histoire, on liquide dur, brusquement. Sont-ce les mêmes gens attachés à ma propre mort qui ont shooté de l'existence l'avocat, le clodo et le brocanteur ? Qu'avions-nous en commun, eux et moi ?

On ferme l'entrepôt à clé et je glisse ladite sous un pavé près de l'entrée. Pensifs, nous rallions la vieille Juva bleu gendarme de M. Blanc.

Les idées dansent une gigue éperdue sous ma calotte.

Je pense à ce coup de turlu de la salope de tante Turpousse (du goulot). Qu'a-t-elle dit à son « oncle-amant-complice » ? Qu'elle était installée et que son traitement allait bientôt commencer, non ?

Ce qui me turlupafe c'est pourquoi, étant très malade, elle a choisi cet instant pour nous ravir son neveu ! Les sentiments familiaux, restés en veilleuse si longtemps (elle n'a jamais écrit une seule fois à Toinet pendant ses dix années de détention) se sont brusquement réveillés au point qu'elle nous arrache le môme par la force. D'accord, ses jours sont comptés et elle n'a pas le temps d'attendre les résultats d'un procès hasardeux. D'accord, il s'est produit un retour d'amour au carburo de son âme, comme l'a écrit Canuet dans ses mémoires. Mais devient-on tricarde au moment où l'issue fatale se profile ? Elle est libre. Libre de se soigner comme elle veut. Mais elle complique les choses jusqu'à s'acheter du matériel médical, pour un traitement clandestin, au lieu d'entrer dans un grand hôpital. Le père Verbois l'aurait aidée à financer les soins les plus sophistiqués. Tout cela ne cadre pas, tout cela grince, tout cela fait bidon.

Pourquoi, en un flash subconscient, ai-je le fugace sentiment que la solution du problème est à portée de cellules grises ? Qu'il suffirait d'un rien pour comprendre ? Que c'est l'évidence ?

— Programme ? demande le Noirpiot.

— Tu me largues à la Maison Pébroque, après quoi tu ramèneras Bruno chez lui.

L'enculé de Mathias n'est pas dans les parages du labo, ce dont je rends grâce à Dieu, toujours si bienveillant avec l'humble San Antonio. Malmenet, du service des empreintes, un petitou dont la tronche rappelle la silhouette d'une bite de caniche, verdit au-dessus d'un microscope. Il mate avec son lampion gauche et le droit a fini par rapetisser, s'engoncer au fond de son orbite comme un bigorneau peureux dans sa coquille.

Je dépose le marteau sur son établi.

— Tu lâches tout, Marcel, priorité absolue ! Repère-moi les empreintes qui se trouveraient sur ce manche. Essaie de les identifier et avertis-moi dans les délais les plus rapides.

— Ça urge à ce point, commissaire ?

— Ça devrait déjà être fait ! réponds-je.

Débouchant dans mon couloir, mes trompes sont agressées par un joyeux brouhaha, lequel provient du bureau des officiers de police Pinaud et Bérurier. Je trouve les deux compères en compagnie du brigadier Morigène, un vieux de la vieille, dont le départ en retraite est imminent.

J'apprends que c'est précisément cet événement de portée internationale qu'ils arrosent. Au Dom Pérignon, s'il vous plaît ! Ce qui indiquerait que c'est le milliardaire César Pinuche qui rince. Béru arrive de sa noce et il est encore en smoking de la veille. Le vêtement d'apparat (loué pour la circontance au « Cor de Chasse », rue de Buci, la maison de l'élite). Dire qu'il est éméché relèverait de l'euphémisme. « Bourré à la clé » cernerait la vérité de plus près. Les copains du « Cor de Chasse » vont avoir des surprises en récupérant le smok. Le pantalon a éclaté comme une citrouille tombée du camion qui la transportait, il y a trois variétés de sauces sur les revers, une poche a été arrachée et il ne subsiste plus aucun bouton au veston.

— Tu tombes bien, clame l'Effroyable. On est en train d'ensabler l' champagne d'à la santé à Morigène. Ce gueux va s'aller planter des radis dans son jardinet d' Chennevières en compagnie d' la dame qu'il grimpe d' puis son veuvage, une ancienne pédicure, ce dont j' m'ai laissé dire. Comme ça, ça lu f'ra les pieds !

Rires !

Pinuche me verse du Dom Pérignon dans un gobelet de carton. Je porte un toast muet à notre brigadier retraiteur.

— Le mariage n'a pas dû être triste, si j'en juge à l'état de ton smoking, noté-je.

Sa Majesté pouffe.

— Ça, tu peux l'croire. Si j' te dirais qu' j'ai embroqué la jeune mariée et qu'même, on a faillelli s'faire encrister pour attentat à l'impudeur.

— C'est bouffe ! assure l'exquis Pinuche.

— Parle pas d' bouffe, qu' jus'ment, j'ai les crocs ! interfère (à repasser) le Mammouth des savanes. Donc, m'aginez-vous, au dessert, j'sais plus qui fait une astuce fine à la mariée rapport chibre, comme quoi on lu souhaitait que Jean-Louis, son époux, s'en trimballe une comme la mienne dont le gabarit est de notarié publique dans la famille.

« La mariée qu'ignorait la chose, s'met à m'mater d'un œil tout chose. L'après-midi, quand le bal fut ouvert, j'l'ai invitée à la gambille salingue. La valse, j'sus zéro, mais l' tango-cataplasme, vous m' trouvererez jamais l' pareil. Angèle, c't'une rousse qu'a du fumet et des rondeurs. D'la serrer ent' mes bras, j'en ai la braguette bossue comme un dromadaire. « C'est sûr'ment vrai qu' vous d'vez l'avoir mahousse, onc' Alexand'-B'noît » elle me chuchote. J'lis une lueur qu' vous pouvez pas savoir dans sa prunelle. Con, cul et pissante, comme on dit. « Ton Jean-Louis, il l'a pas vigoureuse ? » j'apitoye ?

« Comme ci, comme ça, c'est pas un modèle d'esposition », elle m'avouve. Et ma pomme, un peu parti, sentant mon braque comme un missile mémère, d'lui proposer : « Ça t' dirait, gamine, d'admirer un vrai braque d' Cosaque qu'a pignon su' rue et tout l' confort, avant d'ent'prend' ton sacerdoce av'c Jean-Louis ? Si c'est l'cas, viens qu'on se rejoinde d'ici dix minutes dans l' parkinge, derrière l'auberge. »

« Puis, mystérieux, j' la laisse quimper pour fulgurer su' les lieux de c'te ranque. Moins d' trois broquilles après, qu'est-ce j'asperge, toute de blanche vêtue ? La mariée ! J'escomptais lu déballer coquette à l'intérieur d'une tire, mais à not' époque d'insécurance, ces veaux boutonnent leurs chignoles hermétiques, pis que leurs braguettes ! Alors, bon, j' m' décide à lui déballer l'enfant d' la jungle entre deux tires. Tu l'aurais vu égosiller du r'gard, la jeune médème ! Ce regret éternel ! Trop tard ! L'était marida, Angèle. « Oh ! ben ça alors ! Ben ça ! elle grelottait d' la voix. Une queue pareille ! Jean-Louis, c'est une cacahuète d'en comparaison, une noix de cajou, un niocchi ! J'peux toucher ? »

« Lui fallait ses deux menottes en cercle pour m'faire une collerette à paf, v'v's'en doutez ! Elle était folle, c'te mousmé. Une rapide, j'ai bien compris. Un' sensorielle dont la chagatte fait la carpe en train d'r'garder un Japonais n'à travers son bocal. Moi, perdant la tête, sauf celle d'mon nœud, voilà qu' j' m'agace les dix doigts dans ses froufrous blancs, Angèle.

« R'trousser une mariée en grand tralala, c'est pas évident. Faut d' la patience. Au plus j' perdais d' temps, au plus je dressais l'étendard avec gland ! Qu'à la fin, poum ! M'voici en prise dirèque av'c son slip mignard qu' j'y arrache comme tu f'rais sauter les scellés d'une bafouille chargée. Elle criait : « Oh ! voui ! Oh ! voui, onc' Alexand' ! Oh ! voui. Foutez-me-le ! Ah ! qu'elle est bonne ! Ah ! qu'elle est belle ! Grosse à c' point, j'étais pas prévenue. Faudra v'nir nous voir souvent, onc' Alexand'. On prendra nos vacances ensemb', vous m' jurez ? »

« Une jeune mariée qu' l' fiancé s' trimballait mon petit doigt dans l' kangourou, tu pouvais la craindre trop étroite pour moi ! J't'en fous ! Elle avait dû s'exercer la moniche av'c des bouteilles de Perrier-c'est-Fou ! Et pas des quarts, des maguenumes ! J'la fourrais aussi facil'ment que j'aurais visité les Invalides ! Elle meuglait comm' une furie, la gosse. Du monde sont arrivé : des agents qui rondaient pour s'assurer qu' personne v'nait lutiner les voitures estationnées. Ils ont attendu un moment qu' je déburne. Par charité. Tout d' sute après, leur j'ton pris, ils se sont mis à battre les blancs en neige. Prétendaient nous encrister pour attentat à la pudeur. Que j'soye flic aurait rien changé. C't'alors qu'y m'est v'nu l'idée du cercle, mes gars. La vraie géniale de partout, la seule qui soye lavable av'c des pourris d'leur espèce.

« J'ai r'mis coquette dans ses foyers et j'leur ai dit, en leur montrant la rue : « Vous voiliez-t-il c'te fourgonnette des P.T.T., là-bas, en estationnage ? Moui ? Elle est bidon ! D'dans y a les gonziers d' la téloche. On vient d'êt' tous filmés pour « La Caméra Cachée », vous vous voirez su' les ondes dans quinze jours. » Y z'ont ri comme des fous. On s'est gratulés, tous et y sont v'nus écluser un gorgeon d' champ' au buffet. La téloche, c'est magique, y veulent tous y passer, montrer leurs frites de con aux parents, voisins et amis. »

— Ça n'explique pas les avaries de machine de ton smok, Gros ! objecté-je.

Il sourit.

— Ça, c'est une avoinée qu'on s'est mis av'c le père du marié qu'un des poulets a affranchi, vu qu'ils appartiennent à la même société d' pétanque. Ce con a voulu prendre les patins d'son glandu. On est sortis s'espliquer et y m'a sauté su' l' paltoquet ; mais tout est bien qu'a bien fini : avant d' partir j' sus été lu porter deux boutanches d' Corbières à l'hosto. Si on pourrait plus niquer une mariée l' jour d'ses noces, j' m'demande où qu'irait not' pauv' France !

Il exprime, en une rafale de lampe à souder, l'effet que lui produisent les bulles d'or du Dom Pérignon.

— Tiens ! j'ai à te parler, m'avertit soudain Pinaud. C'est à propos de ton affaire.

— Alors passons dans mon burlingue, César, il y a trop de tangage ici pour qu'on puisse discuter sérieusement.

Le fric, ça confère, y a pas.

Pinuche saboulé Cerruti, propre, teint, avec une Cartier pur fruit au poignet, il en jette. Sa Rolls en stationnement devant la Tour Pointue lui assure une aura. Son regard s'est désembué, affermi.

— Tu progresses, mon petit ? paterne-t-il en croisant ses jambes d'échassier.

— L'affaire dis-je, mais pas moi. On bute des mecs sans que j'en tire bénéfice. J'ignore toujours où l'on a conduit Toinet.

— Ne t'inquiète pas : nous le retrouverons.

Sûr de soi, sans être dominateur, la Vieillasse. César appartient à la race des gentils.

Il cueille une boîte de cachous Lajaunie, fait pleuvoir quelques grains noirs dans le creux de sa paume et les gobe.

— Pour l'haleine, fait-il.

— T'as des *sprays* au sirop des Vosges ! opposé-je.

Il dubitate.

— Ils ne modifient rien, s'additionnent au lieu de remplacer. Cela sent comme lorsqu'on a chié au pied d'un sapin, une haleine fétide est résistante.

Il remet sa délicate et fameuse boîte jaune en gousset.

— Je me suis livré à quelques investigations de mon côté et je crois qu'elles ont porté leurs fruits.

Il rit. Deux dents aurifiées nouvelles scintillent à la lumière de ma lampe au pied modulable.

— Raconte !

— Je me suis rendu à la maison d'arrêt où se trouvait détenue la femme Turpousse. Je voulais obtenir des détails quant à sa maladie. Il est exact qu'elle souffre d'une forme aiguë de leucémie et qu'elle ait été hospitalisée à une fréquence de plus en plus accélérée, les derniers temps. Poursuivant mes recherches, j'ai visité l'hôpital où elle suivait son traitement. Là, j'ai questionné le médecin-chef ainsi que le personnel qui s'occupait de Maryse Turpousse.

Il a le geste court mais souligneur. Ponctuant d'une torsion de poignet, d'une ouverture de main, d'un léger roulé de l'épaule.

Je le connais bien, la Pine. Je devine qu'il a appris un truc capital. Faut attendre, avec lui. Ne jamais le brusquer. C'est du vieux bibelot fragile. Alors j'attends en pianotant mon sous-main râpé.

Dans le bureau voisin, Bérurier, fin rond, entonne *Les Matelassiers,* ce qui veut tout dire. C'est un hymne à la vie, ce type ! Il a du vin dans ses veines et un soleil à la place du cœur.

— Pendant ses séjours à l'hôpital, la Turpousse s'est liée d'amitié avec un jeune interne d'origine roumaine, le docteur Pilulesco. Oh ! rien d'amoureux, la gueule de cette femme décourageant les meilleures volontés, et l'avancement de sa maladie idem. Je ne sais quels sentiments — peut-être de charité ? — animaient le docteur en question, mais il est à l'origine de la libération anticipée de la tante de Toinet. Il a organisé une pétition à l'intérieur de l'hôpital, y impliquant le grand patron, afin de la faire remettre en liberté, sous le prétexte — très valable au demeurant — qu'elle n'avait plus beaucoup de temps à vivre. Ses efforts ont atteint leur but et Maryse Turpousse a obtenu une remise de peine.

— Elle a su amadouer ce jeune docteur étranger, dis-je.

— Certes. Mais il y a mieux encore, Antoine. Pilulesco a donné sa démission et quitté l'hôpital au moment où la prisonnière était libérée.

— Hein ?

— Textuel. Il habitait dans un studio meublé, proche de l'hôpital, et n'y a pas reparu depuis plusieurs jours.

— Tu as le signalement de ce garçon ?

Alors le Débris requinqué me fait le coup de la poésie du roi Hugo titulée « Les pauvres gens ». « Tiens, dit-elle, en ouvrant les rideaux : les voilà ! »

Lui, c'est un faf plié en quatre qu'il sort de son larfouillet de croco signé Hermès. Photocopie d'un document. Il y a, en trop noir, mais tout de même lisible, la photo d'un gus dans l'angle supérieur gauche.

— Tiens, dit-il, en ouvrant les rideaux : le voilà !

La fiche concerne Anton Pilulesco, né à Bucarest, parti clandestinement de Roumanie à l'âge de 18 ans, à bord d'un avion des lignes intérieures dont le pilote était son cousin germain et qui se posa sur l'aéroport de Zurich. Réfugié politique en Suisse, il a entrepris des études de médecine à Genève, puis vint en France où il les termina à la Faculté (réputée) de Montpellier. A obtenu la nationalité française il y a trois ans. Travaille depuis à l'hôpital André-Sarda dans le service de cancérologie du professeur Lechouf où il passe pour un élément brillant, promis à un bel avenir. Ses recherches d'une grande audace intéressent nombre de cancérologues.

— Eh bien ! voilà un bon sujet ! dis-je.

— Sais-tu l'idée que je me fais ? demande le millardaire.

— Oui, réponds-je, c'est la même que la mienne. Le cas de Maryse Turpousse intéresse ce docteur Pilulesco. C'est lui qui réclame, sous un autre nom que le sien, l'achat du matériel médical. Il s'installe avec la malade dans un coin secret pour entreprendre sur elle un traitement de la dernière chance qui ne doit pas correspondre à ceux que pratique la Faculté. Mais pourquoi diantre s'embarrasser de Toinet en une période aussi délicate ?

— Ils ne s'en embarrassent pas, murmure sourdement Pinaud.

Et il ajoute :

— Au contraire, il leur est indispensable.

Alors tout s'éclaire, comme je le pressentais en quittant l'entrepôt du vieux Verbois. Tout m'apparaît dans une lumière d'halogène, intense, blanche, implacable. Une lumière de salle d'opération !

Je pousse un cri ! Un grand, un intense : un cri désespéré qui me déchire la gorge et les poumons.

Bon Dieu, mais c'est bien sûr ! Maryse Turpousse a récupéré son neveu parce qu'il est le seul être au monde dont le sang et la mœlle sont les plus proches des siens ! Je me rappelle que le gosse est du groupe O positif, le rêve pour un donneur ! Elle a dû faire des recherches à ce propos. Pas dur, la chose figure dans son dossier médical à l'école. A l'école, où...

Il y a deux heures, cette fumière a déclaré au téléphone que son traitement allait commencer !

JE LA REGARDE, A SON VOLANT, ET C'EST COMME SI TOUT RECOMMENCAIT.

Je la regarde, à son volant, et c'est comme si tout recommençait. Elle a son petit sourire espiègle et anxieux à la fois qui me fait chanter l'âme. Elle est plus que jolie : agréable.

Elle attend devant la Maison Poupoule, le dos bien droit. Le factionnaire à qui elle a demandé la permission de stationner un moment pour attendre le célèbre commissaire San-Antonio, lorgne sur elle. C'est un mec des campagnes, un brun couperosé au front bas. Il louche sur les loloches de Marie-Marie, imaginant le reste de sa personne et se disant que ça doit être vachement agréable de la chibrer.

Il me salue quand je parais, m'envie du regard ! J'engouffre la tire de la Musaraigne.

— Tu es gentille de venir me prendre, dis-je.

— Quand tu m'appelles, je réponds « Présent », risposte-t-elle.

Elle ajoute :

— Bien que cela m'ait ennuyée de quitter ta mère, Antoine. Elle se fait un sang d'encre à propos du gamin. Elle dit qu'elle le sent en grand danger avec cette horrible femme.

— Elle a raison, soupiré-je. Je viens de tout piger, c'est l'horreur.

Je lui raconte. Ses jolies mains se crispent sur le volant de sa 205 blanche.

— C'est fou ! dit-elle. Complètement fou ! Tu crois qu'un médecin peut se prêter à une pareille expérience ?

— Si c'est un chercheur dingue !

— Mais voyons, Antoine, en agissant ainsi, il assassine un enfant et risque de briser sa carrière et de se retrouver en prison pour des années !

— Peut-être obéit-il à une autre motivation, réfléchis-je, une motivation plus forte que son esprit de recherche.

— L'amour ?

— Sûrement pas, la Turpousse est une horrible fée Carabosse qui pue par tous ses pores et orifices naturels.

— Alors, quoi ?

— Le fric.

— Mais elle est pauvre, non ? Puisque le brocanteur, m'as-tu dit, lui a prêté le l'argent.

— Elle a peut-être fait croire à Pilulesco qu'elle avait un butin planqué et qu'elle le partagerait avec lui. Pour lors il aura risqué le paquet à la perspective de pouvoir financer ses travaux en toute indépendance.

— Il faut retrouver Toinet aujourd'hui même, chéri !

Elle a dit « chéri ». Ça lui a échappé, Marie-Marie ! Dans la violence de son émotion, elle s'est trahie.

Je reste abasourdi par ce prodigieux cadeau inattendu. Elle-même en est presque terrorisée. Alors elle conduit au petit bonheur. Simplement, elle va dans la direction de Saint-Cloud. Je ne lui ai rien dit. On est là, dans cette bulle, avec le vacarme de Paname qui nous entoure. Nos sentiments patinent, nos idées sont sur boucle. Difficile de les rompre pour qu'elles aillent quelque part. Elles s'élargissent seulement, pareilles à des ronds sur l'eau. Notre mutisme nous brûle les oreilles et tous ces mots qu'on retient nous obstruent le gosier.

Je mate ses genoux parallèles sous le volant. Sa main droite qui, temps à autre, moule le volant pour passer une vitesse. Ses cuisses agréables sous l'étoffe tendue du tailleur. Putain, j'ai pas le droit ! Pas le droit de quoi ? Pas le droit de pas quoi ? Merde !

Voilà un salaud de corbeau de chiasse qui se met à croasser dans la tire. Si tu tends bien l'oreille, tu finis par reconnaître ma voix.

Il dit, le noir zoizeau :

— Si je t'épousais, je continuerais mon métier.

— Je sais, fait-elle, le regard bien branché sur le gros cul carré d'un autobus vert barbouillé de pube comme quoi tu sauras jamais ce que c'est que le linge vraiment blanc si t'emploies pas la lessive Cerfeuil.

— Oui, je continuerais mon métier, c'est-à-dire que je continuerais de vagabonder à travers le monde, femme ou pas femme, gosses ou pas gosses, comme je le fais, mère ou pas mère.

— Je sais.

— Et les belles nanas que je rencontrerais, avec des bouches pulpeuses et des fesses dures et dorées, je les embroquerais sans hésiter, amour matrimonial ou pas.

— Je sais.

Elle soupire, double ce con d'autobus, et déclare :

— Ils agissent tous comme ça, mais sans avertir. Ils mentent, ils trichent, ils font semblant, tous. Moi j'étais tombée sur l'exception, seulement il était impuissant. Il cajolait, faisait des promesses de fidélité qu'il lui était impossible de ne pas tenir.

— Si bien que tu es prête à accepter le mari tringleur qui te grimpe en rentrant, après s'être bien lavé la bite ?

— Oh ! oui, répond-t-elle avec ferveur.

— Tu es prête à attendre un voyou de flic qui risque sa peau à longueur de journée, pendant que tu torcheras les gosses qu'il t'aura faits ?

— Bien sûr.

— Tu amidonnerais légèrement le col de ses limouilles avant de les repasser ?

— Avec amour.

— Et quand il rentrerait vanné, tu le sucerais pour lui ranimer les vigueurs ?

— Évidemment.

— Et tu ne récriminerais pas ? Tu ne te poserais jamais en pauvre martyre du foyer ?

— On n'est pas une martyre quand on existe pour l'homme qu'on a toujours aimé, depuis son plus jeune âge. Ta mère veuve qui continue d'aimer un mort n'est pas une martyre, Antoine, mais une femme heureuse qui vit pour l'enfant que son homme lui a laissé.

On est arrêtés à un feu rouge. Une grosse femme chargée de paquets me regarde chialer avec surprise.

Je me dis : « Antoine, tu vas prendre une décision avant que ce feu ne repasse au vert. »

— Bien, déclaré-je d'un ton ferme. Je vais t'épouser, Marie-Marie, le plus vite possible et on ne reparlera jamais de ce qu'on vient de se dire. C'est un pacte, on n'y touche plus.

— Retrouve d'abord Toinet, fait-elle paisiblement.

Ce ne fut pas plus compliqué que cela, la décision la plus importante de ma vie !

Elle conduisait sans mot dire. Son visage grave ne reflétait aucune émotion, pas le moindre contentement.

Je compris alors qu'il avait fallu tout ce temps-là pour parvenir à cette minute fatidique. Il avait fallu des années d'amour, des scènes de silence. Son mariage raté. Ses errements professionnels. Et puis tout d'un coup, alors que nous étions torturés par l'angoisse consécutive au rapt de Toinet, alors que la vie du garnement aimé se trouvait en danger, oui, en pleine confusion, en plein désordre de l'esprit, cette brutale mise au point : « Si tu acceptes que je ne change rien à ma vie, je t'épouse ! » « D'accord » ! Jamais je ne m'étais montré à ce point macho. Égoïste à en éclater ! Mais il fallait en passer par là. Et elle le savait. Et bon, l'inexorable avait pu s'accomplir.

Je me sens défatigué comme après un bain chaud. Calme infiniment, tel un horizon de plaine au couchant.

Libéré d'un obscur péché originel. Je le trimballais sans m'en rendre compte, mais il me gênait.

Je lui indique la route. Car ma décision est arrêtée. Tout cela bouillonne, foisonne, émulsionne. C'est le volcan qui n'en peut plus de se contenir et qui va dégueuler sa vilaine soupe sur Pompéi.

— Tu me lâches ici et tu m'attends, ordonné-je.

— D'accord !

— Le temps qu'il faudra ! précisé-je.

— D'accord !

Je saute de voiture et m'engouffre dans l'immeuble des Malvut. (Qui est également celui de feu Verbois et celui en face duquel fut égorgé le clochard sans nom ; l'immeuble qu'habita Maryse Turpousse à sa sortie de crèche ; l'IMMEUBLE, quoi ! Le sale immeuble noir, avec une bicyclette dans le couloir d'Eugène !)

Je l'avais dit, dès le début de ce *book* à la con : l'immeuble où stagnait la vérité.

Je quatre à quatre l'escadrin. Que dis-je : je le cinq à cinq ! Tu m'as déjà vu allonger mes compas dans les cas de grand mouvement ? Chaban-Delmas grimpant les marches de l'Elysée à sa période bleue.

Voici la lourde cataloguée Malvut Eugène.

Sonne en force.

Attends.

Et c'est le père qui vient m'ouvrir. Toujours blafard et poreux, zigoto. La demi-calvitie navrante. Son gilet de laine, son futal noir, ses charentaises exténuées, ses besicles de myope. L'air plus torve et méfiant que la première fois.

Il s'efforce de me sourire, mais je sens parfaitement que ma visite ne le botte pas outre mesure.

— Oh ! bonjour, monsieur le commissaire, il débite de sa voix poussiéreuse, faite pour réciter des formules d'alchimie ou des oraisons sataniques.

Ce qui se passe, je pourrai jamais t'expliquer. Un élan. Aussi impétueux que celui qui m'a fait demander sa main à Marie-Marie tout à l'heure. Voilà qu'au lieu de répondre à son salut, je lui satone les couilles.

Il exhale un « whrouâââ » qui s'achève en spasme dégueulatoire. Il a reculé jusqu'à la cloison d'en face.

Mézigue, calmos, j'entre, referme la porte. Me sens homicidaire complet. Une droite sèche à sa pommette. Ça lui donne des couleurs. Un gauche à l'autre. Il vermillonne de la frite, style poupée russe.

— Au sc... Au sc... ! tente-t-il de bramer.

Je le chope à pleine pogne par son gilet de laine qui a des remugles de tuberculose mal soignée. Pour une bavure, c'est une bavure que je perpètre là, mon ami ! T'en conviens ? Le gonzier est chiffe infâme. Je bloque sa triste respiration. Le traîne jusqu'à la pièce ésotérique où il accomplit des rituels à la mords-lui-le-nœud. Pouâh !

Je le virgule d'une détente contre une espèce d'autel sulfureux, sans doute consacré à Belzébuth où sont entreposés des lampes à huile, des encensoirs, des figures cabalistiques.

Vraoum ! Tout s'écroule. Le petit crevard se met à gésir dans des tessons, des saloperies néfastes.

— Au sc... ! Au sc... ! Il parvient pas à en cracher mèche, les « ou » lui sont *verboten*.

Un coup de saton dans les côtelettes lui retire jusqu'à la possibilité de dire « Au sc... ».

En vitesse, je visite le reste de l'apparte. Deux chambres, une cuisine salle à manger.

Vides !

Madame (que je ne connais toujours pas) et le fiston surdoué sont en courses. Tant mieux. Je préfère demeurer en tête à tête avec le lascar.

Gonflé à bloc, ton Sana, ma chérie. Il ira jusqu'au bout, n'importe la facture à payer, même s'il doit démissionner !

Retour auprès d'Eugène, mal barré, haletant, les burnes enflées, je gage, et violaçantes ! Les côtelettes fêlées ! La trogne de guingois ! Pas de pitié. Ce gus, je le crèverais avec appétit !

Je m'accroupis près de lui.

— Tu sais pourquoi je m'offre cette dérouillée, Eugène ? Parce qu'elle sera impunie. Et tu sais pourquoi elle sera impunie ? Parce que je vais te balancer par la fenêtre et que tu t'écraseras comme une merde sur le bitume en bas. Motif de ce suicide ? La police qui, en ma personne, est venue te demander des comptes. Ta conscience est tellement chargée que tu as préféré l'issue de secours. Alors, tu vois, j'ai pas besoin de me gêner ! A l'autopsie, tout sera confondu.

Et de lui voter un nouveau coup de Bailly dans les bibelots.

Sadique, l'Antonio, pas vrai ? En crise ? Oui, je l'avoue. Je n'ai de réelle haine que pour ceux qui s'en prennent aux enfants.

Je vais à la fenêtre et jette un regard en bas. J'aperçois la 205 blanche de Marie-Marie. Elle en est descendue et regarde deux gamins qui jouent à je ne sais quoi près des poubelles. *Mme San-Antonio !* Dieu qu'elle est belle ! Ce qu'elle a pu acquérir comme classe, l'espiègle pie-borgne de jadis ! C'est le genre d'épouse que tu peux trimballer la tête haute. Comme si elle « sentait » mon regard, elle lève la tête. Je lui envoie un baiser. Alors, tu sais quoi ? Elle porte une main à son cœur. La gauche ou la droite, je sais pas bien, en tout cas une des deux. D'en haut, on confusionne. T'as remarqué que les miroirs nous représentent à l'envers, mais pas sens dessus dessous ? Quand tu te regardes dans une glace, ta droite est placée à gauche et lycée de Versailles, mais ta tête demeure en haut et tes pinceaux en bas. Un mystère ! Un vrai. C'en est plein. Alors pourquoi je refuserais le don de Bruno, qui est peut-être plus fastoche à piger, hum ?

Tout en contemplant « ma promise », j'évoque la pièce dans laquelle je me tiens. Lui tournant le dos, je continue de la voir : diabolique autel saccagé, des meubles, des statues ésotériques... L'une d'elles, plus importante, semble régner sur l'endroit. Je m'arrache à la croisée pour marcher jusqu'à elle. Moi aussi j'ai un don de voyance quand c'est nécessaire. S'agit de le vouloir irrésistiblement ! Tout est question de volonté. Tu peux voir l'invisible ? Ben, regarde !

Il s'agit d'un plâtre doré avec des traînées vertes, buste d'une créature de cauchemar, pas bouddha ni animal, mais divinité hybride tirant sur l'éléphant à cause du nez-trompe et des grandes oreilles.

Je m'en saisis à deux mains, l'élève le plus haut que je peux et la fracasse contre la table.

Elle vole en éclats. Dedans, c'est plein de liasses épaisses. Des billets de banque neufs. Des dollars réunis par des élastiques. J'en arrache un et le mire devant la fenêtre. Il est bonnard. J'ai rencontré suffisamment de faux-monayeurs spécialisés dans les talbins ricains pour reconnaître le bon grain de l'ivraie.

Il y en a un vrai fagot ! Des biftons de cent dols, et les liasses sont de cent biftons ! Et il y a une tribu de liasses ! Le pactole !

— Ben dis donc, Gégène, t'es riche ! lui dis-je.

Je le chope, cette fois, par sa miséreuse ceinture de cuir, comme un long sac de voyage.

— Maintenant, tu vas faire ton valdingue, mon grand, annoncé-je.

Et je le coltine jusqu'à la fenêtre.

Alors il murmure :

— Prenez tout et laissez-moi vivre !

Je chique les cyniques.

— Quelle idée ! Je peux te carboniser et tout prendre, mon lapin. C'est pas un marché que tu me proposes, c'est la charité que tu demandes !

— Je ne dirai rien, prenez, prenez !

— Merci de la générosité : t'inquiète pas, je prendrai. Bon, à qui recommande-t-on son âme quand on est Eugène Malvut ? A Dieu ou au diable ? Plutôt au diable, non ? Satan, c'est ton pote ?

Ma désinvolture l'écrase. Il bafouille, terrorisé :

— Oh ! non, vous ne pouvez pas faire ça !

— Ce ne sera rien en comparaison de ce que tu as fait, toi, merde en flaque !

— Tout ce que vous voudrez ! il ânonne.

Et moi, comme frappé d'une idée :

— Ah ! si, y a une chose qui pourrait te valoir la vie sauve, crème de salope, une seule : que tu me dises la vérité, toute la vérité, rien que la vérité. Ou plus exactement, que tu me l'écrives et que tu signes tes aveux. De la sorte nous nous tiendrions l'un et l'autre par la barbichette. Toi, à cause du fric que je vais engourdir, tu auras barre sur moi, et moi, je te posséderai avec ta confession. Tu comprends ?

Comme il ne répond rien, je monte sur son ventre. Tu parles d'une compression de César !

Il geint ! Je lui file un coup de talon sur la bouche. Ses lèvres éclatent, quelques-unes de ses dents se déchaussent comme des musulmans devant la mosquée.

Note, j'ai pas l'habitude de pratiquer des sévices corporels. Je trouverais même ça inqualifiable si l'homme que je malmène n'avait accompli ce qui constitue pour moi le plus abominable des forfaits.

Elle fait un pas à ma rencontre. Pas deux, un seul, mais qui est significatif. Ça veut dire qu'elle vient à moi. Ça veut dire qu'elle m'aime. Ça veut tout dire. Je lui prends la taille d'un bras irrésistible. Nos regards se rapprochent et ça nous met de la cuisance dans les yeux. Voilà que je l'embrasse, doucement pour commencer : juste un effleurement des lèvres, léger, tiède, capiteux. Puis ça se renforce à tout berzingue et nos bouches s'entre-bouffent avec une voracité de loups. Je sens ses seins fermes, son ventre chaud. Elle a un mouvement irrésistible du bassin (comme on dit dans les *books* bien élevés) pour presser le bas de son corps contre le mien.

Maintenant, je suis sûr que c'est bien ainsi. Qu'il le fallait.

Lorsqu'on se désunit (toujours comme ça exprime dans la *cool* littérature sans mouillance), j'aperçois le masque défiguré du sieur Malvut, à sa fenêtre. Il va prendre froid, c'est certain, puisqu'il l'a ouverte en grand.

Il détourne la tête pour mater la perspective de la rue. J'ai l'impression qu'il va me crier quelque chose : une menace ou un avertissement. Et puis tout à coup, il est comme arraché à son parquet, telle une fusée au lent décollage ; son buste dépasse la barre d'appui, ensuite c'est sa taille, puis ses cuisses et il bascule dans le vide, sans un cri.

Marie-Marie qui regardait également, enfouit sa tête dans l'ouverture de mon pardingue en criant :

— Non !

Eh ben si, qu'est-ce que tu veux ! Le bonhomme flèche comme un ski qu'on vient de déchausser dans une pente raide. Il paraît « glisser sur l'air ». Curieux, hein ? Enfin, il bouffe le bitume du parkinge. Le bruit sourd classique, cent fois reproduit dans les films. Profond, si tu te souviens. Comme un coup de maillet sur un tonneau vide dans une cave voûtée. Me fais-je-t-il bien comprendre ? Suis-je-t-il assez suffisamment explicite de partout ? Trouvé-je-t-il les mots appropriés pour te rendre compte d'un fait divers dramatique ? Préférerais-tu-t-il que je fisse appel à des onomatopées ? Gêne-toi pas avec moi, surtout. Tu ne trouveras jamais un littérateur plus docile que moi, plus arrangeant. De grandes connaissances à la portée de tous ! L'accommodeur de faïence et de porcelaine. Je te prends un reste de chapitre, un bout de description, je t'en fais une œuvre sur mesure. Surtout que le lecteur se sente à son aise. Trois heures de voyage à bord d'un bouquin, c'est un peu le trajet en T.G.V. Paris-Lyon. Faut les passer relaxe. Se détendre.

L'autre jour, je voyais une pube à la télé, pour un savon de toilette intime. Printemps-Exquis, je crois me rappeler. Une jolie dame confiait à une autre qui l'était non moins, combien sa vie avait changé depuis qu'elle se fourbissait le frifri avec une telle merveille. La dame bis promettait de l'essayer. Et puis point à la ligne. La pube dérapait, perdait son impact. Combien elle eût été « porteuse » comme ils disent, si la personne en question s'était mise à se laver la chatte devant les caméras ! Ils sont fous de ne pas aller au bout du propos ! J'imaginais cette exquise personne faisant mousser Printemps-Exquis dans sa toison d'or, puis se détartrant la case trésor au médius frétillant. Là, oui, toutes les gerces cavalaient acheter le suave savon et on allait assister à un concours de grande lessive dans les foyers.

Pourquoi je te cause de ça à un moment pareil ? Je sais plus. Ça me biche, je vais. Ma nature ! Faut m'accepter ou m'échanger contre un Claude Simon.

Et bon, Malvut s'est donc brutalement défenestré. A cause de messire moi-même ? Probablement ! Faut dire que je lui ai engourdi son osier, ravagé la gueule, fait signer la pire des confessions et mis en tête cette notion de défenestration. Un coup d'épouvante ! Un flash terrifiant. L'éclair qui permet à ce naufrageur de voir où il en est et de ne plus s'accepter.

Pendant que je m'approche du cadavre disloqué (dans les livres intéressants, les défenestrés sont toujours « disloqués comme des pantins ») qui vois-je, plantés sur le trottoir, à quelques mètres ? Bruno et une grosse matrone qui doit être probablement sa mère. La dame porte la doudoune que le môme avait enfilée l'autre nuit pour aller égorger le clodo.

C'EST CURIEUX DE CONTEMPLER UN MORT...

C'est curieux de contempler un mort, en tenant les cent mille dollars qu'on lui a fauchés de son vivant. Le blé vert est dans un sac en plastique de la poissonnerie « Le Crabe d'Or », avenue Général-de-Gaulle. Comme ça, on ne pourra plus prétendre que l'argent n'a pas d'odeur.

Eugène gît, la face contre le sol. Du moins ce qui lui en reste. Il a percuté bille en tête, et sa tronche de rongeur a diminué encore de volume. N'a plus de menton : la frite commence au nez.

Sa vieille, une charognasse d'au moins deux cent vingt livres (et pas des sterling !) à la trogne rubiconde, aux cheveux auburn-plus-teints (le gris reconquiert le terrain), avec des excroissances de chair un peu partout et des varices de comptoir sur le lance-morve, sa vieille, dis-je, s'est approchée. Elle tient un cabas à chaque main. Les deux sont pleins de produits d'entretien et de victuailles de chez Carrefour. Elle a un curieux mouvement de tronche, Mistress Malvut. Elle fixe le mort, puis lève les yeux sur la fenêtre ouverte d'où maintenant sort un rideau happé par l'aigre bise hivernale ; n'ensuite ses pauvres yeux nimbés d'alcool redescendent au cadavre, puis remontent. Et ce manège abruti est l'expression schématisée de son incrédulité morne.

Bruno, quant à lui, n'a pas suivi sa dabuche et reste

immobile, de l'autre côté du parking. Étrange silhouette. Il porte un bonnet de laine sur lequel est écrit « Courchevel 1850 », son blouson de cuir non fourré, un cache-nez trop long. Il tient un gros pain sous un bras et une mastarde sucette à long manche de sa main droite. Il lui file un coup de menteuse, de temps à autre, mécaniquement, kif un caméléon qui se farcirait des moucherons de passage. Son œil correct est vide. Il ne regarde rien. Et je me demande même s'il m'a vu arriver.

J'ai envie de chialer. Une boule énorme dans la poitrine, avec d'autres, plus petites, empilées dans ma gorge.

Un mystère ! Une espèce d'erreur de la nature. Un cancer de l'esprit. Bref : un phénomène. Un pauvre être doué d'un don épouvantable dont (un don dont, un dindon) son infâme père a pris possession. Il détient un pouvoir affolant, ce gamin. A preuve, je *sais*, d'instinct, que c'est lui qui m'a transmis les sensations ayant motivé ma conduite, depuis que je l'ai quitté, après l'entrepôt de Verbois. Une partie de son subconscient a pris possession du mien ou, du moins, s'y est infiltrée.

Il m'a transmis la vérité par impulsion, peut-être malgré lui. Lorsque j'ai shooté dans les claouis de son vieux, après qu'il m'eut ouvert sa porte, *je savais à peu près tout, par osmose.* Une évidence, quasi physique, me renseignait à propos de ce mec. J'avais compris qu'il avait ordonné à Bruno d'égorger le clodo et le brocanteur, pour supprimer des témoins qui risquaient de le mettre en péril. Comme, dans l'appartement, j'ai su qu'il y avait de l'artiche planqué dans la statue de plâtre. Et comme, en ce moment, *je sais que c'est à cause du gosse que Malvut a bondi par sa fenêtre,* tel un poisson volant jailli du flot.

Tu sais quoi ? Non, franchement, c'est bien pour te prouver que je carbure au gaz de bois et plus du tout à l'essence super. D'un geste lent, j'ôte les lunettes de Bruno.

La vache ! Cette secousse. Il a un œil en moins, le

môme. Moi qui croyais à un monostrabisme qu'on tentait de lui corriger. A la place du loto manquant, il y a un œil de verre. Mais un œil d'horreur. Pas horrible : d'HORREUR.

Généralement, toute prothèse s'efforce d'imiter la réalité. Quand on déborgnise quelqu'un avec un lampion de rechange, on veille à ce que celui-ci soit la copie conforme de l'autre. Mais là ! Ah ! misère ! Imagine un œil démesuré, en verre rose avec, à la place de la prunelle, un triangle rouge, identique à celui d'un signal routier. C'est un cauchemar, cette mutilation. Bruno-le-diable ! Bruno-le-démoniaque ! Quel épouvantable entraînement, son foutraque de paternel lui a donc fait subir, quand il a découvert que son fils possédait un don ?

Je fais claquer mes doigts devant son œil valide, comme les « envoûteurs » de music-hall lorsqu'ils réveillent leurs médiums endormis.

— Viens avec moi, Bruno !

Et je lui renquille ses besicles pour cesser de voir ce visage d'épouvante. Il me suit jusqu'à la 205 de Marie-Marie, y prend place sans difficulté. J'adresse un signe à cette dernière pour qu'elle déhotte. Je me détourne pour contempler le cadavre d'Eugène Malvut, éclaté sur le sol, sa grosse viandasse d'épouse, fagotée à la gomme avec son anorak rouge et son pantalon noir, gonflé comme la combinaison d'un plongeur des mers arctiques. La foule s'amasse. Dix ou vingt mains désignent la fenêtre de laquelle sort un rideau.

L'Achille, il changera jamais ! Cartésien de droite elle est et mourra, cette ganache. Note que, cartésiens, nous le sommes tous plus ou moins ; de droite aussi, je crains. En tout cas à certains moments. L'homme, il est un peu tout : merde et le reste. Y a pas que du mauvais, chez lui, y a aussi du dégueulasse, de l'effroyable et du turpide. De la sainteté ambivalente également. Les denrées les plus saines renferment en puissance des relents corrompus ; et les charognes les plus avancées conservent quelque part des souvenirs de fraîcheur.

Il m'écoute narrer cette impensable histoire. Il a le visage de bois, sculpté dans du vieux noyer dûment ciré ensuite. Son crâne étincelle, ses yeux polaires restent fixes. Posées parallèlement sur son sous-main, ses belles paluches soignées ont l'air de deux petites soles à l'étalage, sur lit de varech.

Quand je me tais, il arrange des cheveux imaginaires sur ses tempes lisses.

— Je me demande, San Antonio, si vous êtes réellement en pleine possession de vos facultés ? soupire ce birbe.

— Qui ne se poserait la question, en entendant un tel rapport ! admets-je volontiers.

— Vous recevez une rafale de mitraillette et vous voilà mort. Et puis non : ce gamin de l'enfer vous ressuscite. N'empêche que vos vêtements sont souillés de votre sang alors que vous ne portez aucune blessure, et il s'agit de *votre* sang !

Là il rit, façon Méphisto, quand le docteur Faust prend les jetons et crie pouce, mais il l'a dans le cul, mister Faust : un pacte signé avec Satan est irréversible !

— Ce gamin lit dans l'avenir, communique sa volonté, trucide les gens et quoi d'autre encore ?

— En effet, monsieur le directeur.

Nouveau rire, beaucoup plus accentué que le précédent.

— Et vous marchez dans ces foutaises ? Vous, un policier d'élite ! Un homme d'action ! Un être d'une intelligence parfois raffinée !

« On devient précocement gâteux, mon lapin ? C'est le surmenage ? Trop de prouesses amoureuses ? Vous n'auriez pas contracté la syphilis, par hasard ? Je me suis laissé dire qu'on assistait à un retour en force ? Vous savez qu'elle porte atteinte aux facultés mentales ? Vous vous rappelez Maupassant, Antoine ? Guy de Maupassant, l'auteur du *Petit Chose,* des *Chouans,* de

Madame Bovary ? La syphilis, mon garçon, la vérole ! Le méchant tréponème ! On parie ? Courez faire faire des analyses et vous m'en direz des nouvelles. »

— Je n'y manquerai pas, monsieur le directeur. Auparavant, j'aimerais vous montrer le petit Bruno Malvut.

— Ah ! ça, ne comptez pas sur moi pour entrer dans vos délires, San Antonio. J'ai les pieds sur la terre, moi.

— Refuseriez-vous de tenter une expérience, un esprit aussi alerté que le vôtre ? L'enfant est dans votre antichambre.

Achille regarde l'heure Cartier à son poignet, bien marquer que je joue avec son illustre emploi du temps et qu'il n'aime pas tellement. Et puis il doit avoir rancard avec une dame pour se faire mâchouiller. C'est son heure, la fin de journée, Achille.

— Trente secondes ! laisse-t-il tomber, magnanime au rabais.

— Merci, monsieur le directeur.

Je vais quérir le môme, avachi dans un fauteuil de cuir. Il se tient en biais, un bras sur l'accoudoir, le menton sur le coude, pâle et prostré.

— Viens un instant, Bruno.

Il se lève et me suit.

Le grand burlingue compassé ne semble pas l'impressionner, non plus que le Dabe impénétrable comme la statue du Commandeur.

Achille le foudroie d'un regard sardonique. Méprisant. Il fumelarde bourgeois, si on lui laisse trop de fil, le Dirluche. Se bandelette dans ses titres et prérogatives.

— Alors, c'est toi, le phénomène de foire ? il balance.

Là, m'est avis qu'il s'y prend mal, le Souverain Poncif. Il élargit un peu trop son autorité, y a début d'inondation.

Moi, tu sais pas ? J'ôte les lunettes de Bruno. Et alors, Pépère dérouille comme j'ai dérouillé naguère. La surprise, la panique, l'effroi.

— Mais quelle horreur ! s'exclame-t-il.

A ce moment-là, le gosse lui dit :

— Vous avez mal raccroché votre téléphone. Ce gros livre le tient soulevé. On est en train de vous appeler pour vous dire que votre énorme auto a été accidentée !

Surpris, Chilou mate son bigophe. Exact, le combiné ne repose pas entièrement sur la fourche. Il le libère. Qu'à cet instant, le ronfleur retentit. Hébété, le vieux nœud dégoupille et crie « Allô ». Il écoute, et c'est l'atterrement de première classe.

— Vous dites, James ? MA Rolls ! Un camion ! Grave ? Tout l'avant ! Oh ! Seigneur ! Une Rolls Phantom ! Par un vulgaire camion ! Vous êtes certain qu'il est dans son tort, ce sale con pourri de merde de mes couilles pelées ? On l'a interpellé, au moins, le salopard ! Je veux qu'il passe aux assises, ce misérable. Et dire que la peine de mort n'existe plus ! Je hais Badinter.

Il finit par raccrocher.

— MA Rolls, Antoine, gémit-il. Quarante années de vie commune ! J'ai changé d'épouse, de maîtresses, de fonctions, mais jamais de voiture.

Puis il réalise, se tait et se tourne vers Bruno.

— Comment as-tu appris la chose, coquin ?

— Je ne sais pas.

L'œil au triangle rouge le défigure au-delà du possible. C'est un monstre. Pire : c'est Méphisto enfant. T'es chiche qu'on en fait un film ? Faut que je téléphone à Alain Poiré, je suis certain que le sujet va le passionner. Son deux cent unième film au soleil !

— Bruno, je murmure, sans quitter son faux œil de mon regard de feu. Bruno, je sens des choses, moi aussi. Je les sens grâce à toi. En réalité vous étiez très liés avec le vieux Verbois, non ?

Il ne bronche pas. J'ai l'impression que l'œil monstrueux s'élargit de plus en plus et lui dévore la pièce. Je ne prête plus attention au Vieux. Je patauge dans une nouvelle dimension. La quatrième ?

— Quand la mère Maryse est sortie de taule, pour se réfugier chez le brocanteur, tu lui as dit que tu allais en classe avec Toinet, parce que tu as *senti* qu'elle pensait à lui. Elle t'a chargé de fouiller dans les dossiers du directeur pour essayer d'apprendre à quel groupe sanguin appartient son neveu. Tu l'as fait. O positif. Elle a été heureuse. N'est-ce pas qu'elle a paru heureuse ? Je la *vois* rire, cette vieille guenille ! Tu m'entends, Bruno ? Je la *vois !* Ça se passe chez vous, elle est assise sous la vilaine statue biscornue. Et elle montre ses dents jaunes de cavale malade. Vrai ?

L'œil continue de démesurer. C'est impressionnant. Je me sens comme dégagé de mon être. J'existe *à côté de moi* et non plus *en moi !* Machiavélique gamin qui sait si bien piloter notre subconscient lorsqu'il le juge utile. Et qui ment avec la voix émouvante de la vérité, ainsi en me faisant croire que c'était le clochard qui avait percé mon pneu.

Le gosse ne dit rien. Il n'existe plus qu'à l'état d'œil gigantesque. Je vais pénétrer dans l'œil, comme à la foire du Trône, on pénètre à bord d'un chariot dans le tunnel fantôme. Des ailes de chauves-souris vous caressent le visage et des têtes de mort surgissent brusquement pour vous donner de hideux et fugaces baisers.

— Ton père a piqué un tas de dollars à la vieille. Cent mille dollars. Elle les avait elle-même fauchés à l'amant qu'elle a assassiné, il y a plus de dix ans. Une somme énorme. Elle l'a planquée. Mais des gens le cherchent, ce fabuleux magot. C'est à cause de lui qu'on a tué un avocat marron. A cause de lui qu'on a essayé de me trucider, moi. Mais comme je ne pige pas très bien, tu dois m'aider à comprendre, Bruno. Tu m'as déjà communiqué tant de renseignements par la pensée, alors continue ! Tu peux tout ! A preuve, tu as ordonné à ton père de plonger par la fenêtre et il l'a fait. Tu...

Je n'ai pas le temps d'exhorter davantage. Le môme vient de tirer quelque chose de sa poche. Je n'ai que le temps de me dire « Triste con d'Antoine, pourquoi ne l'as-tu pas fouillé, sachant tout ce que tu sais ! ». Il tient un rasoir à la lame extrêmement étroite, large d'un centimètre à peine mais aiguisée à t'en découper le regard que tu poses sur lui !

Il bondit pour me porter un coup d'estoc à la gargante. Fulgurant ! Je n'ai même pas l'opportunité de lever les bras, ni d'amorcer un geste de recul. La lame scintille dans la lumière du bureau et s'abat sur ma gorge à l'emplacement de la carotide. T'as pas le temps de compter jusqu'à un, je te dis ! C'est ins-tan-ta-né !

Mais voilà qu'au moment où le fil du rasoir mord ma chair, la main du chiare se paralyse. Je me jette en arrière. Il a le bras tendu, avec la lame souillée de mon sang au bout, comme le fer d'une lance. Il est bloqué, enrayé, devrais-je plutôt dire. Ne lui reste plus qu'un œil et un vilain trou dans le visage. Son œil satanique a roulé sur le tapis, hors de son orbite.

Je porte la main à mon cou. Putain, tu sais qu'il m'a saccagné sérieusement, l'apôtre ! J'ai une entaille à côté de la glotte. Le raisin pisse dru.

Dis, il m'a pas sélectionné la cariatide au moins (Béru dixit), ce petit monstre. On commence à jouer « Vampire en délire » avec lui !

Je plaque mon mouchoir en tampon sur la plaie. Le môme est toujours immobile, son rasoir en main, comme quand on joue à la statue et, qu'au signal convenu, on se fige dans une attitude.

Pauvre gueule sinistrée avec ce vilain trou rosâtre surmonté de sourcils. Il signifie quoi, l'œil de verre abominable ? Est-ce en lui que résidait son maléfique pouvoir ?

— Pourquoi as-tu fait ça, Bruno ? je demande.

Il s'abstient de répondre.

Achille requinque un peu. Tout ça le dépasse, le pauvre croulant coulant. L'annonce de sa Rolls carbonisée, ce môme monstrueux qui cherche à m'égorger. Il tube d'urgence au brigadier Manchaverge, le chef de la sécurité, d'envoyer du monde, d'appeler une ambulance et de faire monter le gonzier de l'infirmerie avec ce qu'il faut pour désinfecter et panser.

Une demi-heure plus tard, on a colmaté mon entaille et embarqué Bruno pour l'hosto. Un gamin comme ça dans quelle catégorie de délinquants tu voudrais le classer, toi ? Un môme qui a tué par ordre de son vieux, pareil à un robot programmé pour le meurtre.

Il s'est laissé griffer son razif sans regimber. Les mastuches de service n'ont eu aucun mal à l'emballer. Docile, frileux, brisé, le pauvre môme.

Je ramasse son œil mystérieux et le glisse dans ma *pocket* après l'avoir enveloppé de faf à train. (Celui du Vieux, satiné double face, pour son fion vénérable. Lotus ! Bleu pervenche, siouplaît. Parfumé jasmin ! Il a rien à refuser à son pot d'échappement, Chilou. Le luxe véritable, ça commence par l'oignon. L'homme qui se choie l'anus appartient toujours à une élite, je me suis aperçu.)

— Écoutez, Antoine, je pense que je viens de vivre les instants les plus insolites de ma vie, clapote le dirlo.

— Moi aussi, monsieur le directeur, et pour moi, ils durent depuis plusieurs jours !

— Nous avons rêvé, n'est-ce pas ? Ça n'existe pas des choses pareilles ?

— En effet, monsieur le directeur, *ça ne peut pas exister, mais ça est !*

— Il y a un truc, là-dessous, vous êtes bien d'accord ?

— Il devrait y en avoir un, monsieur le directeur, malheureusement ce n'est pas le cas.

— Donc, on vit du fantastique ?

— On fait comme si, toujours est-il.

Il se racle le gosier, se masse la coupole.

— Écoutez, Antoine...

— Oui, patron ?

— Peut-être serait-il préférable de... heu... garder ces choses-là pour nous. Des policiers, raconter ces... heu... choses-là, ça la ficherait mal : on nous prendrait pour des fous.

« Ces... heu... choses-là, voyez-vous, mon vieux lapin, c'est... Hein ? »

— Tout à fait, monsieur le directeur.

— Je vois que vous m'avez compris, mon cher commissaire. Il y a des moments où... N'est-ce pas ?

— Exactement, monsieur le directeur.

— Nous allons confier ce surdoué meurtrier à une sommité de la psychiatrie. J'ai un ami rotarien, le professeur Yves-Marie de Laboule, qui sera certainement intéressé par ce cas de... heu...

Son ronfleur retentit. Et c'est l'une de ses fameuses « Mlle Zouzou » qui l'appelle pour la minette du soir, espoir ! On est du Cancer, Achille et moi : 69, c'est notre signe et notre devise.

Je le quitte avec mon pansement à la margoulette.

Des moments que tout se met à carburer à fond de train (surtout quand tu parviens à la fin d'un *book)*. Juste que j'arrive à mon étage, je trouve Pinuche, debout devant mon burlingue, mon biniou en pogne.

En m'apercevant il radieuse.

— Précisément, le voilà ! dit-il.

Puis, me tendant le combiné :

— C'est Jérémie Blanc. J'ai entendu la sonnerie dans ton bureau, et comme elle insistait, je me suis permis de... Mais qu'as-tu au cou ?

— Je me suis rasé en me coupant, fais-je. Allô ! Blanche-Neige ?

Jérémie ne s'emporte pas, contrairement à la tradition. Mes astuces racistes de garçon de bain appartiennent au second degré et il le sait, Jéjé. Quand il se fâche, c'est lui aussi au deuxième degré, pour jouer le jeu ! On joue à être deux cons, quoi, et on parvient à abuser les autres. Par jeu !

— J'ai du nouveau, claironne le Sir Agenoir (elle est nouvelle, je t'en donne l'imprimeur, comme dit le Gros).

— Moi de même, refusé-je d'être en reste.

Mais mes nouvelles à moi ne l'intéressent pas, preuve qu'il juge les siennes plus importantes. Il glousse comme un qu'on lui chatouille le dessous des testicules.

Je murmure :

— Tu m'expliques ou si j'attends le *Figaro* de demain pour lire ça à tête reposée ?

— Je sais où est la Turpousse !

Et vlan ! il vient de balancer son boomerang, comme le gus de *Bagdad Café* (que je te recommande).

Il sait où est la Turpousse ! Donc, il sait où on détient Toinet !

Oui, fectivement, ses nouvelles sont plus capitales que les miennes !

— Où ? hululé-je, car je fais de cette syllabe un alexandrin par modulation exclamatoire ; qu'à ce point, je ressemble à un loup dans la toundra russe.

— Dans les environs de Beauvais, patrie de Jeanne Hachette qui se rendit célèbre par ses fameuses messageries, ricane M. Blanc. Je m'y trouve actuellement et tu devrais me rejoindre en amenant du monde et des bricoles défensives, vu que je ne suis pas seul à m'intéresser à la dame. Je t'appelle d'une cabine située à deux cents mètres de l'endroit où elle crèche. Une voiture est arrivée depuis peu, immatriculée à Paris, une Audi blanche avec deux types à son bord qui observent les lieux.

— Comment as-tu découvert leur planque ? ne puis-je m'empêcher de lui demander, malgré l'urgence.

— En fouillant le studio du docteur Pilulesco. J'ai trouvé, dans un bouquin médical, en guise de marque-page, une carte postale adressée de Beauvais par une ancienne infirmière de l'hôpital où il travaillait. Le ton de la carte donne à penser qu'elle a été sa maîtresse. Je suis venu ici, j'ai enquêté dans le milieu hospitalier, et voilà le résultat !

— Tu es certain que la Turpousse est bien là-bas ?

— Je l'ai vue ! de mes gros yeux jaunes de nègre vue ! Mais bougez-vous le cul car ça risque de s'emballer avant longtemps avec la paire de vilains qui vient de se pointer ! Quand tu auras traversé Noailles, tu continueras sur Beauvais pendant quelques bornes, jusqu'à ce que tu aperçoives, sur un panneau « Saint-Just-Humbou 8 kilomètres ». C'est là, dans la rue principale.

Cher Jérémie ! Grandissime poulet ! Génie de l'enquête. Disciple surdoué de l'inestimable Santantonio (comme ils disent tous, malgré qu'on n'aime pas tellement le thé, en France).

Nous sommes dans la Rolls de Pinuche : une caisse toute neuve, couleur marron glacé métallisé. Il a accepté de me la laisser driver, admettant sans rancune que mon coup de volant prime le sien.

Béru, gavé de Dom Pérignon, roupille à l'arrière, le dargeot sur la mitraillette de cérémonie dont je me suis muni (à toutes fins utiles), ce qui n'exclut pas que nous ayons chacun, en fouille, un laissez-passer de calibre 9 mm.

Les kilbus déferlent. Des motards nous tourbillonnent au fion. Je m'arrête juste pour leur produire ma brème et les prier de nous dégager la piste jusqu'à Noailles. Ils sont assez estomaqués en constatant que les perdreaux parigots se mettent à rouler en Rolls. Mais, bref, on barbote dans une époque où le mec qui s'étonne trop longtemps est foutu. Alors ils nous ouvrent une route de rêve.

En quarante minutes, nous atteignons Noailles. Fin de l'escorte d'honneur. Petit geste de remerciement aux deux cavaliers de l'apo (d'échappement) calypse. Sus à Saint-Just-Humbou [1].

Des maisons de brique, des toits d'ardoise, un ciel bas. La ronde des petits commerces inévitables : bistrot, opticien, boulanger, épicier, électroménager, bistrot, Crédit du Nord, quincaillier, Benetton, bistrot, boucherie du Centre, Agence A.G.F., bistrot, Aux Grandes Caves du Beauvaisis, électroménager, pâtissier, bistrot, garage

1. Oise. 64 km de Paris. 876 habitants. Manufacture de préservatifs en fonte renforcée. Patrie du général Mormela.

Elvis Platinet, fleuriste-concessionnaire Butagaz, pharmacien, bistrot. Puis des maisons de deux étages. Ensuite des maisons en meulière avec des noms de fleurs sur plaque émaillée. Et enfin, là-bas, près du dispensaire frappé d'une croix verte dans un cercle, un Noir, qu'on pourrait qualifier de nègre pour faire plaisir à Harlem Désir, balaie nonchalamment la chaussée avec un balai tout neuf acheté à la quincaillerie Mongibus, signalée dans la nomenclature ci-avant. Ledit *coloured man* porte un bonnet de laine rouge et fredonne, en chassant des inutileries hâtivement qualifiées ordures, une mélopée ramenée de son village sénégalais.

Je range la Rolls à la hauteur de la pharmacie Clystère.

— Pinaud, dis-je, promène-toi jusqu'au nègre que tu aperçois, demande-lui du feu à voix haute et, à voix basse, le point de la situation. Ensuite de quoi tu marcheras jusqu'à la cabine téléphonique située devant le bureau de poste et, non pas à l'aide de pièces ou d'une carte magnétique, mais au moyen de ce talkie-walkie, relate-moi discrètement ce que t'aura raconté le faux balayeur vraiment noir.

Il glisse le talkie dans sa poche et se met à *walker.*

Tu le vois ? Regarde comme il marche avec agilité, César, depuis qu'il est riche. Vois comme la fortune l'a guéri des maux de première nécessité qui le grevaient ! Admire son aisance de porteur de chèques approvisionnés. C'est beau, un homme fortuné, même quand il a atteint l'âge approximatif de la retraite, n'est-il pas ?

J'ai beau carquiller des mirettes, je n'aperçois pas d'Audi blanche dans la perspective de la strasse. Les deux personnages « inquiétants » détectés par M. Blanc auraient-ils mis les bouts ? Ou bien mon ami se serait-il trompé à leur propos ?

La Vieillasse requinquée marche nonchalamment. Le sombre balayeur ne lui accorde pas la moindre attention. Lorsque César est parvenu à quelques mètres de Jérémie, il sort un étui à cigarettes de sa vague et s'embroche une cousue au bec. Puis il fouille ses profondes, mime le désappointement et s'approche du Noirpiot. Bref conciliabule des deux hommes. Mister Négro fait un signe d'impuissance. C'est vrai qu'il ne fume pas ! Qu'en désespoir (à lavement) de cause, Pinaudère va quérir la flamme sacrée auprès d'un vélocipédiste qui allait enfourcher son bolide. Puis, toujours égal à lui-même, il se rend à la cabine.

Mon récepteur grésille. Je l'enclenche.

— Je t'écoute, vaillant milliardaire en dollars !

Il rit. Ça lui monte pas au bulbe, son trésor, Pinuchet. Il en est satisfait, sans plus. Son aventure me fait songer à l'histoire du manar qui rentre chez lui en hurlant à sa femme :

— « Je viens de gagner quarante briques au loto, prépare vite ta valise. »

— « Qu'est-ce que j'emporte, jubile l'épouse : mes vêtements d'été ou mes vêtements d'hiver ? »

— « Prends-les tous et tire-toi ! Je te donne dix minutes pour foutre le camp », rétorque l'époux.

La seule chose de vraiment changée dans l'existence de Pinuche, c'est l'absence de son brancard ! L'argent défait les couples que soude la misère.

Là, il chuchote :

— Jérémie prétend que les deux hommes de l'Audi ont poireauté jusqu'à ce que la Turpousse paraisse à la fenêtre pour respirer. L'un d'eux l'a alors discrètement photographiée au polaroïd, ensuite de quoi l'auto a démarré et il ne les a plus revus. La tante est toujours là.

— Au poil. Reviens et, en passant, donne ton talkie-walkie à Blanc, j'ai des choses à lui dire.

Je coupe.

— Béru ! grondé-je, réveille-toi, sac à vinasse !

Sa Majesté vagit, feule et rassemble son énergie pour soulever une paupière d'une tonne.

— Où qu'on est ?

— Devant la taule de la tante Maryse.

— Je rêvais, dit-il. La reine d'Angleterre me taillait une pipe dans sa Rolls et les cerises de son bada me zigouinaient les valseuses ; ça portait le comble.

Il tapote le dôme de sa braguette.

— J'en ai encore le tricotin, mec. Qui m'aurait dit : la reine d'Angleterre !

Pour célébrer la peu banale prouesse, il balance un pet à répétition qui fait frémir les ressorts de la banquette.

— Au début, je craignais, biscotte ses ratiches en avant qui sont grosses comme des touches de piano, reprend Casanova. J'm'disais : « Elle va m' scapuler l'Mohican, la mère av'c son damier comme un appareil à carder les mat'las ; me jouer l' grand air d'la raclette. » Mais é m'pompait su' l' velours ! Une vraie Chantilly ! Anglaise à c' point, c'est rare, non ?

— C'est très rare, mais c'est un rêve, Gros !

— Mouais, faut reconnaît' : c't'un rêve, consent Béru.

Il bâille.

— Si on s'rait arrivé à tome, caisse on n'attend, mon drôlet ?

Tout là-bas, Jérémie pénètre sous la piste couverte du garage Elvis Platinet [1] afin d'utiliser le talkie-walkie sans se faire remarquer. J'entre en liaison :

— Mister White ?

— Je t'écoute.

— Tu vas prendre la poubelle qui est à la renverse, devant le garage, et tu iras sonner à la porte du pavillon où se trouve la Turpousse. Tu demanderas à la personne qui répondra à ton coup de sonnette, si cette poubelle lui appartient. Elle te dira que non et voudra refermer ; à ce moment-là tu maintiendras la lourde ouverte et nous interviendrons. Bien reçu ?

1. Elvis Platinet, garagiste, n'est pas américain. Il doit son prénom à l'admiration que sa maman portait au King. Mme Platinet mère s'est fait jouer mille six cent vingt-huit fois *Loving You* sur son électrophone qui a fini par exploser. *La Directrice Littéraire*

— Cinq sur cinq !

C'est une petite blondasse boulotte qui se pointe. Avec des roseurs malencontreuses au front et au cou. Elle a l'air d'une femme dédaignée qui préfère la bouffe à la baise parce qu'elle n'a pas les moyens d'intervertir.

— Mande pa'don, maâme, fait le négus en prenant l'accent nègre, alors qu'il n'a en réalité que l'accent noir. C'est à vous, ça qu'était dans la 'ue ?

— Pas du tout, assure l'ouvreuse ; je crois qu'elle appartient au garagiste.

— Vous êtes cé'taine ?

— Absolument.

— Parce qu'y m' semblait qu'elle était à vous.

— Je vous dis que non ! que s'irrite la gonzesse.

Jérémie n'en dit pas davantage vu que nous déboulons en masse et trombe, les trois mousquetaires ! Ma pomme en tête, Béru en seconde position, Pinuche en couverture chauffante.

Nous avons dégainé nos rapières sur le perron et investissons la bicoque sous le regard sidéré de la dame couperosante.

— Mais qui êtes-vous ! exclame cette chère personne.

Jérémie qui a largué la poubelle (girl) lui flanque sa carte de police à bout portant contre la pointe du pif.

— On se tait intégralement ! dit-il.

Cet « intégralement » à cet instant de l'action me paraît particulièrement bien venu. Il la refoule et la biche par le bras. Bibi Mézigue, fils aîné, unique et préféré de Félicie, je cavale déjà dans toute la taule. Elle n'est pas grande. C'est la masure sans histoire : trois pièces en bas, deux en haut (because elle est mansardée).

Au reste-chaussé (comme dit le Mastard), zob ! Salon, cuistance, salle à briffer. Je m'élance dans l'escadrin de bois sans tenter de camoufler le bruit de notre escalade. La première chambre est la bonne. Ils sont là, tous les trois : Maryse, Pilulesco et mon gentil Toinet. Sauf que ce dernier s'y trouve sans y être vraiment puisqu'on l'a anesthésié.

Je te campe le décor. Deux lits de fer, côte à côte. On me suit ? Merci ! Sur le premier, Maryse. Sur le deuxième, l'enfant. Entre les deux couches une potence métallique supportant un appareillage compliqué. T'ajoute tuyaux transparents. L'un est branché dans le bras de Toinet, le second dans celui de sa tante, l'un et l'autre plongent dans l'appareil, et on suit l'abominable processus de pompage et d'injection simultanés. La tantâtre fait son plein de super, la gueuse ! Le raisin vermeil du petit coule dans les veines de la sale femme.

Assis au chevet de la Turpousse, le docteur Pilulesco contrôle un deuxième appareil qui soutire le sang malade de Maryse. On n'entend que le zonzonnement des ustensiles médicaux, qu'accompagne un bruit de succion. Toinet est très pâle, la bouche ouverte, le nez pincé, les paupières bleuies.

Le médecin et sa patiente semblent anéantis par notre survenance.

Ma pomme, ivre d'une colère incommensurable et je pèse mes mots, je bondis derrière le toubib et lui applique le canon de mon tu-tues dans le creux de la nuque, de bas en haut.

— Débranche immédiatement, sinon je te fais éclater la gueule ! grondé-je.

Il réalise que c'est de l'extrêmement sérieux. Fissa il stoppe la pompe, détuyaute Toinet, presse sur la veine ouverte, la colmate avec un tampon et du sparadrap.

J'attends, mon arme toujours en position. Mes compagnons, effarés, se taisent.

Quand l'opération est terminée, je demande :

— C'est quoi, l'agent anesthésique ?

— Du découlium de roblochon 17, répond le charognard.

— Il en a pour combien de temps avant de se réveiller ?

— Au moins une heure, peut-être deux.

J'opine. Ensuite je tends mon feu à César.

— Tu peux me tenir ça deux minutes, Pinaud ?

Il.

J'ôte alors ma veste que j'installe sur le dossier du siège occupé naguère par Pilulesco.

— La Justice, n'est que la Justice, lui dis-je : elle n'est pas toujours très juste. Venez par ici, docteur !

Comme il reste les bras ballants, je le cueille au revers de sa blouse blanche et l'entraîne sur le palier.

— Vous avez tort de faire de l'opposition, dis-je. Tentative de meurtre sur un officier de police, ça peut vous coûter cher !

Il ouvre grand ses yeux d'intello surmené.

— Mais je ne...

Mon premier crochet est pour sa sale gueule. J'ai tellement mal aux phalangettes que j'ai dû lui saccager les dominos de devant. Comme il reste encore debout, je le foudroie d'un coup de boule. Il tombe à genoux.

— Debout ! ordonné-je très bas.

Je l'aide charitablement à se remettre droit en le tirant par sa cravate. Une patate au foie. Une *very* bioutifoule, de celle qui te font dévaler les claouis tout au fond des bourses. La manière qu'il l'encaisse, je saurais pas te l'expliquer, je suis trop aveuglé par la colère. Une colère désespérée. Une folie de vengeance éperdue comme avec le père de Bruno. J'ai besoin de lui dire, de lui expliquer bien. Tu sais que je chiale ? Les sanglots m'étouffent.

— Salaud ! Ah ! salaud de salaud ! Pomper la vie d'un enfant pour l'instiller à cette vieille meurtrière pourrie ! Mais qu'est-ce qu'ils ont donc, tous, à saccager la jeunesse, à sacrifier l'innocence, à profaner la vie ! Oh ! Seigneur ! Seigneur ! Mais il n'est donc rien de sacré en ce monde ! Ah ! qu'ils la tuent, leur planète, ces vomissures ! Qu'ils partent en fumée de leurs manigances abjectes !

Et tout en criant, je cogne. Le Pilulesco ne dit rien. Ne se plaint pas. Peut-être comprend-il ? Peut-être est-il d'accord avec moi, dans ses tréfonds ? Il morfle une quantité de gnons des poings, des pieds, je frappe. Je voudrais le dépecer, le mettre en charpie.

A un moment donné, comme il se redresse en s'agrippant à la balustrade de l'escalier, je lève haut ma jambe gauche, j'appuie ma semelle sur son ventre et je pousse. Le bois craque. La rampe cède. Il part pour la valdingue. Un plouf, là encore, mais bien moins fort que pour Eugène Malvut. Il a du bol dans son malheur, le doc, car il se reçoit sur un fauteuil, en bas. Mais il doit tout de même s'être brisé ou fêlé des choses car il reste en travers du siège, les jambes et la tête pendantes, de part et d'autre des accoudoirs. Son regard reste lucide. Je me penche au-dessus de la brèche. On se défrime longuement. Je tremble de partout, mes jambes ne me supportent pratiquement plus. Alors je recule jusqu'au mur pour m'y adosser. Mes larmes continuent de pleuvoir. Je ne retrouve plus ma respiration. Tout brûle en moi : ma tête , ma poitrine, mon estomac.

Venant de la chambre « des tortures », un ronron paisible de conversation. Je reconnais les voix de mes coéquipiers d'élite. Surtout celle, caractéristique, de Jérémie. Parfois un éclat du Gros ou une paisible réflexion de Pinuchet. Et puis un organe féminin, mais très bas, comme lorsque tu perçois celui du correspondant de quelqu'un qui téléphone près de toi. C'est la Maryse. Ils se disent quoi ? J'ai même plus la curiosité de savoir.

Je renifle comme un chiare. Torche mon nez, essuie mes yeux d'un même mouvement de bras. Tiens, ma chemise me révèle une odeur qui doit être la mienne après tout. Celle que mes compagnes d'amour respirent avec volupté après la douche. L'une d'elles ne m'a-t-elle pas déclaré un jour : « Tu sens si bon que je ne comprends pas qu'on n'en ait pas fait un parfum ! » Drôle d'instant pour évoquer ça, non ? Je te choque ? Excuse. J'ai décidé qu'on se dirait tout. La vie est trop brève pour qu'on se cache des choses, comprends-tu ?

Pinaud apparaît. Ne m'entendant plus, il vient à mes

nouvelles. Rassuré en me voyant entier, il va mater le rez-de-chaussée par-dessus ce qui reste de rampe.

— C'était un coriace, hé ? murmure le milliardaire. C'est magnanime de ta part de ne t'être pas servi de ton arme.

Et il me rend mon pistolet, à moi qui en suis un drôle ! J'enfouille le riboustin comme s'il pesait une tonne.

— Par là, les choses se présentent de façon satisfaisante, me dit-il en montrant la chambre. Cette dame parle d'abondance. Il suffit de lui poser des questions.

Je m'ébroue.

— Qu'est-ce qui la motive ?

César a son fin sourire miséricordieux, si indulgent, si perméable aux misères du pauvre monde.

— Je crois qu'elle est très impressionnée par le fait que tu n'as pas laissé au docteur le temps de stopper l'appareil qui vide ses veines de son mauvais sang, Antoine. Maintenant, l'épanchement se fait à sens unique. Il y en a au moins deux litres dans le récipient où il s'écoule ; il ne va pas tarder à déborder. Ça la frappe, cette femme. Alors elle parle dans l'espoir qu'on fermera le robinet.

Je l'écoute sans ressentir un grand intérêt. J'ai pas envie. De quoi ? me demanderas-tu.

Ben de... Attends, je ne sais plus. Ah ! si ! Pas envie d'entrer dans la pièce et de voir Toinet à demi exsangue, endormi, pareil à un petit cadavre. Si je rentrais, si je regardais, je viderais mon chargeur dans le ventre de cette garce pour en hâter la vidange.

Je laisse glisser mon dos le long du galandage. Une fois le cul au sol, je lève la tête vers mon vieux Pinaud.

— Que dit-elle ?

— Tout.

— Mais encore ?

— En ce qui concerne ses relations avec le médecin, on avait vu juste. Elle lui a proposé le gros paquet de blé pour qu'il accepte de pratiquer l'expérience consistant à remplacer son sang vicié par celui du fils de son frère, puis, ensuite à lui greffer sa mœlle.

— Elle est donc si richissime, cette vache malade ?

— Un peu moins depuis que Malvut lui a secoué une partie du magot.

— Ça aussi, je le sais.

— La bonne femme avait tué son protecteur il y a dix ans afin de le détrousser. Elle a eu le temps de planquer l'argent chez Verbois avant d'être arrêtée et condamnée. Comme il s'agissait de fric illicite, son amant étant un trafiquant de drogue, elle n'a pas eu à rendre de comptes à la justice au plan argent. Condamnée, elle a purgé sa peine. Pendant ce temps « tonton », comme elle l'appelle, lui tenait son grisbi au chaud. Maryse, c'était son vice à ce vieil homme, la passion de sa vie de brocanteur. Bon, je gaze : elle tombe malade pendant sa détention. C'est grave : une forme particulière de cancer du sang.

« Elle rencontre Pilulesco pendant son traitement. Ce type se lie d'amitié avec elle. Il lui laisse espérer une guérison possible, mais il faudrait la régénérer avec un sang et de la mœlle proches de son sang et de sa mœlle, selon la théorie de ce chercheur. Alors, elle repense à son neveu. Libérée (quelques mois plus tôt que prévu), elle retourne chez tonton. Le vieux fréquente les Malvut, ses voisins : il est au courant du don de voyance du gosse. A son instigation, Maryse consulte le môme, comme elle l'aurait fait avec un guérisseur, espérant que ce petit prodige va pouvoir l'éclairer sur son avenir compromis.

« Ce qu'il résulte de leur entretien, c'est la découverte que Bruno va en classe avec Toinet ! Le hasard est roi, le hasard est grand ! Elle le paie alors pour qu'il consulte le dossier médical de ton garçon. La chance sourit à la malade puisque son neveu est d'un groupe universel qu'elle peut recevoir. Sera-ce son salut ? Vite, elle contacte Pilulesco, le soudoie, et l'infâme médecin accepte de marcher dans l'odieuse combine. Suis-je clair, Antoine ? »

— De l'eau de roche, mon ami.

Le Doucereux caresse ses tempes teintes, rajuste ses manchettes où scintillent des boutons en or massif. Il aime narrer, Pinuche. Ses rapports ont toujours été exemplaires et certains d'eux figurent dans les livres de l'École Nationale Supérieure de Police de Saint-Cyr-au-Mont-d'Or. Si tu ne m'en crois, va demander, de ma part, au directeur de les consulter. Il a le sens du détail, n'oublie rien, trousse d'agréables phrases, passe sur les périodes inintéressantes. Un maître ! Chacun ses dons. Bérurier possède la bite du siècle, Pinaud le style du parfait enquêteur.

Dans la chambre, on perçoit des sanglots. La mère Maryse qui implore. Elle entend gazouiller son sang maudit dans le récipient et, songeant aux conséquences de cette hémorragie, s'affole. Mais le ton de Béru reste intraitable. La femme blonde tente de la ramener, parlant d'humanité et autres fariboles. Une claque de dix kilos de pression au centimètre carré la fait taire.

— Et ensuite, brave et loyal Pinaud, compagnon fidèle de mes équipées sauvages ? Et après, noble et riche ami que la fortune du sort et le sort de la fortune ont comblé ?

— Après ?

Il lisse sa belle moustache impeccablement taillée, le Séguéla des Amériques. La lisse, en hommage à ce fabuleux pré-shave qui lui a assuré une vieillesse comblée.

— Après, mon bon Antoine, il convient d'aborder le tournant de l'affaire. La prime qu'elle a versée au petit Malvut pour qu'il consulte le fameux dossier médical scolaire, cette prime a mis le feu aux poudres, plus exactement la puce à l'oreille du sale bonhomme de père. Il se dit que Verbois est un besogneux qui vit dans une petite aisance poussiéreuse. Sa fausse nièce sort de prison et, néanmoins, elle est capable d'aligner du fric pour un larcin minime. Beaucoup de fric ! Elle s'est montrée trop large, la Turpousse, cela causera sa perte. Malvut est un gars rusé, il flaire le gros coup. Peut-être, aussi, son gamin a-t-il eu un flash opportun ? La vérité est qu'il explore l'appartement du père Verbois et découvre le magot, lequel était planqué dans le ventre d'un vieux cheval de bois récupéré d'un ancien manège.

« Mais là, il tombe sur un os : le clochard ! Celui-ci vendait de temps à autre des bricoles au brocanteur, des objets provenant de petites rapines. Manque de chance pour Malvut, voilà le pouilleux qui débarque pendant qu'il éventrait le cheval de bois. Ça, c'est le grain de sable. Pris sur le fait, il ne lui reste qu'à acheter le silence du clodo. Pour ne pas donner l'alerte, et parce que c'est un timoré, il ne prendra que la moitié du butin planqué et colmate le ventre du canasson de bois.

« Es-tu bien certain, Antoine, que mon récit reste limpide ? ou n'éludé-je point, au contraire, des éléments importants ? »

— Continue, c'est impec, César. De la musique ! Tu sais combien j'aime Vivaldi, Renaud et Yvette Horner ? Eh bien, les trois réunis sont des cacophonistes à côté de toi. Poursuis, de grâce. Tu me charmes ! Je crains d'éjaculer.

— C'est trop d'honneur, mon cher garçon.

— Je te prendrai comme témoin à mon mariage, César.

— J'en suis confus.

Il tressaute :

— Tu songes à te marier !

— Je *vais* me marier.

— Toi !

— Moi !

— Avec qui ?

— Devine !

— Je ne vois pas.

— Parce que tu ne veux pas voir. Quelle est l'unique femme que je suis capable d'épouser ?

— Marie-Marie ?

— Tu vois bien que tu le savais !

Des larmes perlent à ses cils gris (il n'a pas songé à les teindre ; les sourcils, oui, mais pas les cils).

— Oh ! Antoine, quelle grande joie ! Et quelle magnifique histoire ! Vous deux, enfin ! Après un si long cheminement !

Il a tout résumé, l'Ancêtre. Je lui tends la main, il la prend et j'en profite pour me faire remettre debout. Nous nous embrassons.

— Qui est au courant ? demande-t-il.

— Elle, moi, et toi maintenant.

— Seulement ?

— Pour l'instant, oui.

— Pas même ta mère ?

— Pas même.

— Je n'oublierai jamais cette immense preuve de tendresse que tu m'accordes, Antoine. Et, puisque tu m'as choisi comme témoin, je vous ferai un beau cadeau. Qu'est-ce qui te ferait plaisir ? Un appartement ? Une Ferrari ? Un bateau de plaisance ?

— Une lampe de chevet à abat-jour rétro, César. J'en rêve.

— Nous verrons.

— Tu disais donc que Malvut a été surpris par le clochard pendant qu'il ôtait les entrailles vertes du cheval de bois ? Il l'a soudoyé, a prélevé la moitié de la manne ; et après ?

— Après, tu t'es présenté chez lui. Et alors là, oui, là, il a pensé que tout était foutu. La police ! Tu as eu beau annoncer que tu étais le père adoptif d'Antoine et ne parler que du don de son fils, il prit peur, croyant à une ruse de ta part. Cela dit, Antoine, j'ai mon idée à moi : le rôle prépondérant de Bruno dans cette aventure. N'oublions pas que ce surdoué est *réellement* doté d'un don démoniaque. Je pense que le père et le fils se sont monté le bourrichon mutuellement. L'un annonçait des événements que l'autre tentait de conjurer. Il avait touché le gros gros paquet.

— Cent mille dollars !

— Beaucoup plus, Antoine, mais il a été contraint d'en lâcher en cours de route.

— C'est-à-dire ?

— Il connaissait un avocat pouilleux auquel il s'était adressé jadis, à propos d'affaires tordues, des arnaques à la sorcellerie. Il est allé le trouver aussitôt après ton départ pour lui réclamer une aide insensée.

— J'ai compris, sursaillé-je. Il voulait me faire abattre car le môme lui avait annoncé que j'allais tout découvrir et que ça finirait mal. *Il a essayé de détourner le présage ?* Le con ! Ce faisant, il travaillait à sa perte ! On fait une reprise de *Ce soir à Samarcande,* en somme !

Mes pensées devançant mon commentaire, je tiquai.

— Bon, il a demandé à l'avocat de lui dénicher un bon tueur à gages, mais alors pourquoi Kraczyblum est-il venu me prévenir ?

— Pour se préserver au cas où l'affaire tournerait mal, voyons ! D'un côté, il a palpé une forte prime pour trouver ton tueur ; de l'autre, il se blanchissait d'avance en venant te prévenir du coup qui se tramait ! Bien pensé, non ? Et comme c'est un vicieux, il avait enregistré sa conversation avec Malvut, toujours pour pouvoir se blanchir, le cas échéant.

— Gé-ni-al !

— Et dégueulasse, confirme Pinuche. Un vrai judas, ce bonhomme.

— Qui a fini par y laisser ses os !

— Comme souvent quand on joue au plus fumier, mon petit. Il faudra que tu inculques ça à tes enfants. D'ailleurs j'y veillerai !

Hein ? T'as entendu ça, toi ? *Il y veillera !* Non, mais il s'y croit déjà, le dabe ! J'ai dit « témoin » à ma noce, pas « tuteur » de mes hypothétiques lardons ! Il se sent investi, César ! Mission sacrée ! Il veut vigiler ! Tutélairiser ! Le don de soi, toujours. Y a un messie dans tout vieillard qui somnole.

— Et tu sais pourquoi on l'a sulfaté, le cher maître ?

— Tantine l'ignore, mais moi, là encore je suppute. Selon moi, Krackzyblum, quand il a recruté tes tueurs ne leur a versé qu'un acompte. Lorsqu'il a appris qu'ils t'avaient raté, ce couard a pris la poudre d'escampette. Les autres l'auront coursé pour le solde... Enfin je ne sais pas, mais j'imagine.

— Et le magnéto qu'il avait emporté et qu'on lui a chouravé dans la cabine où il est mort ?

— Eh bien...

Mais je le fais taire d'un geste péremptoire. Chez moi, tous les sens sont surdéveloppés, ce qui est indispensable à un bon flicman. L'odorat, l'ouïe, sont ausi nécessaires que la vue, à l'homme d'action appelé à vivre des aventures peu communes.

Je me rends à un fenestron qui donne sur l'arrière de la carrée. J'aperçois alors deux personnages en impers fourrés noirs, le nez chaussé de lunettes également noires, occupés à bricoler la porte vitrée de la cuisine.

D'où ils se tiennent, on ne peut les voir de la rue, non plus que des maisons avoisinantes, à cause du haut mur qui cerne le pavillon de l'infirmière.

Fissa, j'ouvre la porte de la chambre voisine, celle de la locataire du pavillon : la blondasse aux roseurs pas bandantes.

— Vite, amenez votre couenne et apportez Toinet ! chuchoté-je depuis le palier.

— Et l'hôtesse ? demande Jérémie.

— Également.

C'est un froufrou lourd de gens précipités qui se veulent silencieux. En quinze secondes, voilà ma jolie peuplade rabattue dans la deuxième pièce du haut. Toinet allongé dans le grand lit de la dame. Nous, riboustin en pogne, à l'exception du Dodu, lequel entreprend de retirer la mitraillette du club de son bénouze où il la tenait en hibernation. Je n'ai pas fermé complètement la porte. Muets, crispés, nous attendons. La blonde semble sur le point de tomber en langueur. Bérurier lui redonne du pep avec des mots réconfortants :

— Tu bouges un cil, tu dis un mot et te voilà plus morte que l'arrière-grand-mère de ta grand-mère, je me fais-je-t-il bien comprend' ?

Elle opine.

Un léger bruit, venant du bas. Porte qui grince. Un double glissement (des pas feutrés). Un chuchotis :

— Dis, t'as vu ?

— Il est naze ?

— On dirait. C'est la balustrade qui a lâché.

Et puis ça grince dans l'escadrin.

Alors, la voix faiblarde de dame tantine, depuis la piaule voisine :

— Au secours ! Au secours !

Dès lors, messieurs les hommes gravissent rapidement les derniers degrés, sans se gêner.

Il doivent se tenir dans l'encadrement de la porte voisine. L'un d'eux siffle. Puis dit :

— Merde, c'est elle !

L'autre :

— Qu'est-ce que c'est que ce bordel ?

Un temps. Ils pénètrent dans la salle des tortures.

— Elle se saigne !

La Turpousse de glapir avec ce qui lui subsiste d'énergie :

— Par pitié, arrêtez cet appareil, je meurs.

— On veut bien, mais auparavant, dites-nous où est le magot, la mère.

— Quel magot ?

— T'as pas le temps de finasser, tu joues déjà les arrêts de jeu. Ça déborde de la cuvette, y en a plein le plancher. Alors, ton paquet d'osier, grande sœur ? Pas la peine de battre à niort, on a interviewé la mère Malvut. Elle était poivre et vachement chavirée par le vol plané de son mec. Elle nous a boni toute l'histoire. Même l'histoire de son rejeton fantôme, qui tranche les gosiers comme nous une saucisse de Toulouse. On nous doit un paquet de carbure gros commak. Il nous le faut. Le bavard nous a floués et on l'a rectifié. Heureusement, il avait enregistré la commande du père Malvut en y ajoutant ses nom et adresse. Mais on est arrivés trop tard chez ce tocard, il s'était pris pour un oiseau sans se gaffer que le plus lourd que l'air ça ne pardonne pas sans aile delta ! Alors on...

— Quoi ? Qu'est-ce que tu nous gazouilles ? Tu comprends ce qu'elle veut dire, toi, Bobby ?

Chuchotement sans cris.

— Ah ! bon, murmure l'autre.

Et plus personne ne jacte. La vieille carne vient d'afficher nos dossards aux deux malfrats et ils vont entreprendre quelque chose contre nous.

Illico, je réalise quoi : un objet rond roule sur le plancher et s'arrête contre notre porte.

— Couchés ! je dis.

Nous nous jetons (de présence) à terre qu'à peine ce mouvement exécuté, la porte mal fermée vole en éclats et finit de s'ouvrir avec ce qui lui reste de bois.

Et puis il y a un trou dans le plancher, un second dans le mur, des rideaux qui crament, du papier de tapisserie, une commode est nase, la blondasse qui ne m'a pas obéi est privée d'un bras, d'un ventre et d'une tête ; tout ça dans un enfer de bruit.

Un que tu pourrais immortaliser dans le marbre ou, pour le moins, le saindoux (ce qui lui siérait mieux), c'est Béru. Il est déjà debout dans la fumée, sa sulfateuse en mains. Le bord du bitos retroussé. Il avance comme un faucheur. Le voilà retourné péquenod, Alexandre-Benoît, comme les autres fois dans son village de Saint-Locdu. Qu'au lieu d'une faux, c'est une Thompson qu'il balance devant soi. Rrrran, rrrran, rrrran, rrrran !

Ça plombe, écaille, brise, pulvérise, troue, détériore. Il marche. Une balle, puis deux, et une troisième lui viennent contre en riposte. Pour lui, c'est kif des abeilles rebelles pour un apiculteur. N'en a rien à branler. Il a le bon droit pour lui, Béru. Légitime défense ! La loi bafouée ! Du courage à se chier parmi rien qu'à le regarder.

Il dégueule du chargeur. Tout y passe. Qu'à la fin, sa moulinette fait des couacs. Vide ! Plus de bastos. Il a épongé sa boîte de dragées.

Alors il tousse, réunit un glave qu'il virgule par-dessus la balustrade brisée.

— Vous pouvez viendre, les mecs, l'ménage est fait ! annonce-t-il sans emphase.

ALORS, ON A DÉCIDÉ LES CHOSES SUIVANTES :

Alors, on a décidé les choses suivantes : Pinaud, donc, sera mon témoin et Béru celui de Marie-Marie (normal, c'est son oncle). Quant à Jérémie Blanc, il sera le parrain de notre premier enfant (aucun problème : il est catholique tendance paganisme). M'man, comblée d'avoir retrouvé notre cher Toinet, écoute béatement en sifflant sa flûte de champagne. Elle s'éclate, ce soir, ma Féloche. S'en veut d'avoir un instant douté de moi. Mais son grand a ramené le petit avant qu'il n'ait subi trop de dégâts, son prestige reste intact. N'empêche que dans cette aventure, j'ai été puissamment assisté par Blanc et Pinaud. En voilà deux qui ne sont pas restés les quatre pieds dans le même sabot, comme dit le Gravos. Faut admettre que nous autres, perdreaux, nous sommes comme les médecins. Un peu paumés quand les turbins arrivent dans notre famille. On doit faire appel aux confrères pour s'arracher de la mouscaille, y voir plus clair.

Qu'est-ce que tu dis, bouffi ? Ben parle plus fort, avec le ramage de toutes ces bonnes gens en liesse, j'entends ballepeau ! Ce que quoi ? Ce que sont devenus les vilains ? Ah ! c'est vrai, j'allais oublier de t'affranchir, Casimir. Ben, ça été l'hécatombe sur les bords, Nestor. Juste le vilain toubib qu'en a réchappé, et encore, il a deux vertèbres zinguées et, de ce fait, il devra vivre plusieurs mois avec le buste dans un coffre-fort. Lui et la mère Malvut qui ne dessoûle plus (à propos, j'ai remis le trésor de dame Turpousse à la recherche contre le SIDA) s'en sont tirés. Plus Bruno, évidemment. Au fait, ses petites empreintes figurent bel et bien sur le manche du marteau dont il a assommé Verbois avant de l'égorger. Mais lui, peut-on dire qu'il s'en soit tiré ? Ne subit-il pas le sort le plus monstrueux ? Il végète dans une clinique psychiatrique. Il a complètement perdu la raison, le malheureux surdoué. On va lui faire subir des chiées de tests et il tournera gentiment cobaye. Les deux tueurs à gages qui m'ont raté à deux reprises ont été eus par Béru du premier coup. Ils trimballaient des casiers judiciaires plus grands que des casiers à homards. La lecture de leurs pedigrees aurait guéri n'importe qui du hoquet le plus tenace.

Je te l'avais annoncé, en débutant ce *book,* que j'allais te narrer l'histoire la plus extraordinaire qui se soit produite depuis que l'homme a uriné sur la Lune. Comment ? Que dis-tu ? J'avais écrit déféqué au lieu d'uriné ? C'est possible. Mais ça change quoi ? La différence est pour le calbute du cosmonaute, non ?

Toinet, encore vachement pâle et le regard brillant de fatigue, vient s'asseoir sur mes genoux. Il me passe un bras autour du cou.

— T'as pas l'air joyce, mon papa ? Tu devrais, pourtant ! On s'est retrouvés, tous, et tu vas épouser Marie-Marie. Merde, tu recules devant rien pour ton confort ! T'as maté ses jambes ? Et son cul, dis, tu l'as vu, son cul ? Ce que tu vas te régaler ! Ça va être autre chose qu'avec Maria et sa cressonnière exotique. Celle-là, quand elle ouvre les jambes, on dirait une vue aérienne de la forêt birmane, j'te montrerai sur mon altelas de giographie.

Bon, il a totalement récupéré, le môme. Faut que je raccourcisse un peu les rênes, sinon ça va vite virer à l'insurrection dans notre masure.

— A propos, Toinet, je fais, en le rejetant de mes

genoux et en adoptant une mine et une voix sévères, j'ai besoin d'une explication. Il paraîtrait que tu as tenté de violer l'une de tes condisciples au laboratoire de langues ?

Il rougit un peu, mais sans perdre son aplomb.

— Oh ! violer ! T'as de ces mots, je voulais juste lui astiquer un peu la moniche, vérifier si elle mouille déjà, par curiosité, quoi.

Puis il s'emporte :

— Et puis t'es bon, toi ! C'est d' ma faute si j'ai la précocité précoce ? J'y peux quéqu'chose si j'ai plus envie de foute mes doigts dans une chagatte qu' dans une prise électrique ? Merde, réalise : j'serais bientôt un homme, avec une zézette qui gardera toujours la tête haute d'vant les filles. Écoute. J'vais te donner un bon conseil : si tu veux pas que je tripote les gonzesses du collège, papa, achète-moi une pute !

FIN

JUIN 1989

LA CREVE

de

Frédéric DARD

Publié en 1946
à 500 exemplaires

•

Jamais republié depuis

*La première pierre inconnue
de l'œuvre magistrale
du père de San-Antonio*

Frédéric Dard
chez Presses Pocket

Les Scélérats

Le cauchemar de l'aube

On n'en meurt pas

Le pain des fossoyeurs

Délivrez-nous du mal

Le bourreau pleure

Mausolée pour une garce

A San Pedro ou ailleurs

Les salauds vont en enfer

Le monte-charge

Achevé d'imprimer en avril 1989
sur les presses de l'Imprimerie Bussière
à Saint-Amand (Cher)

— N° d'impression : 8000. —
Dépôt légal : mai 1989.

Imprimé en France